火鳥アリサ

雪道セツナ

星屑キララ

稔メグム

FPSゲームのコーチを引き受けたら依頼主が人気VTuberの美少女だった 1

すかいふぁーむ

PASH!文庫

目　次

ゲームのコーチを引き受けたら依頼主が人気
1
すかいふぁーむ
イラスト みすみ
LIVE
【FPSゲームのコーチを引き受けたら依頼主が人気VTuberの美少女だった1】
七篠さよ 待機～！わくわく☆
音街ひびき 待機だぁぁぁあああ！！！
骸リノア こんありさ～♪全力待機！！
メイロー 待機は大義で大儀じゃない！
アルビナ わくわく待機っ
甘姉ミナ こんありさ～！楽しみ！！
北爪くみん 待機いいいいいいい！！！
Nanoha。 こんありさです！わくわくっ！！
リアン·A·椿 待機圏突入！
如月ねむ こんありさ 配信楽しみ～っ！！
編屋さつき こんありさっ！楽しみすぎる
狸原ことね こんありさ！わくわくする～
久遠なつめ こんうるふ 全力待機だ～!!
ARiMA 待機～
絢織かれん お紅茶と共に配信正座待機です
恋獄おとね こんありさ～！待機♡
神月都 わくわく待機
主婦と生活社 wkwk

■プロローグ

「え……なんでこの連絡先に……」

古いパソコンを久しぶりに起動したら、見知らぬ連絡先から一通のメールが届いていた。

迷惑メールではない。

そこには丁寧な文章で俺に仕事を頼みたい旨が書き込まれている。

かつて俺がやりこんで、そして辞めてしまったゲーム。

Ｓｕｍｍｉｔ Ｃｒｏｓｓ（サミクロ）のコーチの依頼だった。

「にしてもなんで俺に……」

俺がゲームをプレイしていたのはもう七年も前のことだ。

今でもゲームは人気……というより、もはや社会現象となっているほどの超大作ではあるが、俺に依頼が来るなんておかしい。

だってあれ以来、俺はこのアカウントでプレイをしていないのだから。

明らかにおかしいし、怪しい。

怪しさはこの丁寧な文面に免じて百歩譲って目をつむるとしても、今の俺にコーチなんか務まるのか疑問だ。

ただ……。

「ちょうどバイト、探してたんだよな……」

あれからもこのアカウントを使っていなかっただけ。

当時の俺は一応トッププレイヤーの一員としてゲームをやっていたし、今も軽くなら触っている。

辞めたのはそのトップ層についていけなくなったからで、このメールの送り主が申告するランクであれば教えられないこともない。

それに何より……。

「今さらこの連絡先に連絡をしてきた相手が気になる」

ゲームを辞めて以来封印されていたパソコンだ。

当時、親のパソコンを勝手に触ってプレイしたＳｕｍｍｉｔＣｒｏｓｓ。以降このパソコンはなし崩し的に俺のものになって、散々サミクロをプレイして……そして今日まで開かれることがなかったもの。

このアドレスにもこのパソコンからしかログインしていなかった。

「まるで今日俺がこのパソコンを開くってわかってたみたいだな……」

そんなことはないんだろうけど、このタイミングで来た連絡に興味を持った。じゃなきゃ多分、もうこのゲームと積極的に関わろうとも思わなかっただろうから。

「話だけでも聞いてみるか」

一度会って依頼したいということだったので、日程調整のメールを出してやり取りを始めたのだった。

■第1話　依頼主

「あれ……だよな？」

待ち合わせ場所に指定された喫茶店。

一人しかいない客を見つけて改めてスマホを確認する。

すでに着いているという連絡。赤い服という特徴も一致する。

ただ……。

「女子だったのか……」

しかもちょっとその辺で見られるレベルじゃない美少女だ。

そわそわと携帯を見たり髪を整えたりしているが、どう整えようと崩れようとその可愛らしさが変わらないくらいには完成された美少女だった。

「FPSゲームやるのなんて男だと思ってた……」

メールの名前もユーザーネームっぽかったし、まず頭に女性という選択肢がなかった。

女性相手だから何か困るかというと、そういうわけではないんだけど……緊張はするな。心構えが出来てなかった分。

「というか、同い年くらいだよな……？」

バイト代として提示された金額の大きさからもっと歳上を想定していたので、これは予想外だった。

「これ以上待たせない方がいいか……」

そわそわする依頼主が気の毒になって店に入った。

すぐに俺に気づいてパァッと表情を明るくしながら手招きしてくれた。

「待たせてすみません」

「いえいえ！　私が早く来てしまったしぇいで……」

パタパタと慌てて勢いのまま噛んだ。

「うぅ……その……ｒｅｅｎ（リーン）さん、ですよね？」

噛んだ影響で恥ずかしそうに尋ねてくるその姿も可愛らしい美人だった。

人形のよう……というか、整い方が完成していてこちらが緊張するような相手だ。

最初に噛んでくれてなかったら目も合わせられなかっただろう。

「ｒｅｅｎです。本名は蒼井怜（あおいれん）。そっちはえっと……」

「入野里紗（いりのりさ）です！　あ、火鳥（かとり）アリサって名前で活動をしていて……」

「活動……」

「えっと、全然何も説明してなかったですよね……とりあえず私のことはアリサって呼んでください」

あははと少し気まずそうに笑いながらアリサが言う。

「その……まずは何か頼んじゃってください！」

なんとなく雰囲気に耐えられなかった様子でメニューを広げながら促してくる。

相手が美人で緊張していた俺をどんどん解きほぐしてくれるようだった。

店員を呼び、コーヒーを頼んで一旦落ち着いた。

色々聞きたいことが多すぎる。

「何から説明しましょうか……あ、あと敬語は要りません！　先生になっていただくんですから！」

届いたコーヒーを受け取りながらアリサの話にうなずいておいた。

幸い容姿的に歳が近そう、というかよくても同い年、ほとんど歳下であろうことがわかるので抵抗はない。

敬語はやめてくれと顔に書いてあるような感じだし、ここは合わせよう。

「えっと……俺への依頼はＳｕｍｍｉｔＣｒｏｓｓのコーチ、で良かったんだよな？」

「はい！　まさか返事があるとは思っていなかったですが」

「それは……まあそうかもしれない……」

俺の活動は七年も前。

あの日、あのメールを見たのも完全に偶然だ。

「ずっと動画を見てて、私がサミクロをやり始めたのもレンさんの動画の影響なんです！」

「それはまた……」

「あのキャラコンにエイム力！　しかも歳が同じと知ったときは震えました。まだ私が何もしていなかった頃から、プロ相手に同い年の子があんなに無双していたなんて……！」

興奮気味にまくしたてるアリサ。

同い年だったか。まあ今それはいい。

「あの技術、いまだにｒｅｅｅｎステップって言われて語り継がれてるんですよ！　私も練習しました」

「そうなのか……」

ｒｅｅｅｎステップ。

かつて俺が対面の相手にほとんど一方的に撃ち勝ったときのキャラコンのことだ。

別に特別なことをやったわけじゃなく、今のプロなら当たり前すぎて名前すらつかないものだと思うけどな。

「えっと、それでですね。私はＶＴｕｂｅｒをやってるんですが、配信の中でサミクロに触りたいと思って……でも今のレベルじゃ全然ダメだったんです。だからお願いしたくて……」

活動、と言っていたのはそれか。

そして同い年ながら報酬が出せる理由もわかった。

ただ……。

「VTuberが顔を明かしてよかったのか?」

「ああ、ほら、仕事相手にはある程度仕方ないですから。むしろあの年齢以外謎に包まれていた伝説のプレイヤー、reeenさんが顔を明かしている方が問題です! 大丈夫なんですか!?」

「いや、今は別に何もしてないから……」

「そうなんですか!?」

「少なくとももう配信どころかサミクロもろくに触ってないよ」

厳密にいえばガチでは触ってない、だ。

「えええ!? もったいない! 競技シーンに出られなかったのは年齢的なもので、もう私たちの年齢なら出られるはずじゃ……」

そう。

年齢の問題で競技、いわゆるプロ同士の戦いに参加することが出来なかったのが七年前だ。

まあ結局年齢は関係なかったんだけどな。

その前に俺は、プロでも何でもない相手に完膚なきまでに負けたから。

俺の表情で察してくれたようで、アリサはその件にそれ以上踏み込むことなくこう言った。

「あの！　私はそれでも、レンさんに教わりたいです！」

「ろくに触ってない俺にか？」

「それでも、です！　私二ヶ月後のVTuber向けの大会に出るんです。そこまでに何とかしたくて……」

「二ヶ月か」

「はい。登録者が十万人になってから伸び悩んでて……企業勢の皆さんのように案件やコラボで大型の企画がない私にとって大会は数少ないチャンスだと思って。ですが参加者だけで六十人もいるので、結果を出さないと目立てないんです」

待った。

「十万⁉　しかも個人で……」

「えへへ」

えへへ、ではない。

個人でその数字なら文句なしで大人気、と言い切っていいはずだ。

「結果を残す……か」

「はい！　どうでしょう⁉　お願い出来るならぜひ……！」

「場所はどうする？」

「いいんですか⁉」

ここまで来て断るというのも気が引けるし……。

「むしろ一回試してみて、俺がちゃんと役に立つか見極めて欲しい」

選ぶとしたら相手の方だろう。

こちらは一応アリサのランクを見ていけると踏んだとはいえ、ほとんど興味本位で来たようなものなんだ。

もう引退した身でお金をもらうのにふさわしいかどうかはアリサの判断に委ねよう。

「大丈夫です！　レンさんに見てもらうために頑張ってきたんですから！」

胸を張ってアリサが言う。

その後詳しいことを話し合って、ひとまず報酬をもらう前にお試しで一度コーチをすることになったのだった。

■第2話　それぞれの反応

「やばいやばいやばいやばい……」

解散後、すぐに自宅へ帰った入野里紗は、ベッドでじたばたと今日の出来事を思い出していた。

「返事が来ただけでもびっくりだったのに……ほんとにお願いできちゃったよー」

興奮を隠すこともなくベッドでゴロゴロ落ち着きなく転がる。

抱きしめられたぬいぐるみが大変なことになっているが、里紗に気にする余裕はない。

幸い配信にも使う部屋だ。防音対策は出来ているし、この程度で近隣から苦情が来ることもない。

家の中に関しても、一人暮らしの里紗を咎(とが)める相手は誰もいない。

本来なら……。

今日は二人、里紗の興奮っぷりを諌(いさ)める相手がいた。

『あはは。嬉しいのはわかったっすけど落ち着いて下さい』

『私はアリサがやる気になってくれたならよかったけれど』

タブレット越しに二人の声が里紗に届く。

『だってメグ！　セツナ！　すごいですよ⁉　あの伝説のｒｅｅｅｎですよ⁉』

『何回も聞きましたが……実際のところどのくらいすごいのかいまいちわかんないっすね……ウチは当時やってなかったですし』

『えー。セツナはわかるよね⁉』

『動画で見てたらすごいのはわかる……。けどごめん、アリサほどはわかってないかも』

通話相手はアリサがチームを組む予定の二人だ。

メグと呼ばれた方は妹系の小柄で可愛らしいキャラクター、稔（みのり）メグム。

セツナは長身のクール系キャラ、雪道（ゆきみち）セツナ。

二人ともアリサと同じＶＴｕｂｅｒだ。

『だってｒｅｅｅｎですよ⁉　あの動画って十歳とかで！　そのとき戦ってたトップ勢はほとんど世界ランカーです！』

『まあまあ、ひとまず個人コーチを引き受けてもらったってことでいいんすよね？』

『うん！　お試しだけど』

『お試し……とはいえそうなるとこれ、リサちだけまた強くなりません……？』

『え？』

『明らかにアリサはレギュレーション違反』

『ええ!?』

『リサち、ゲームのランクに対して実力がおかしいですからねー』

今回の大会はＳｕｍｍｉｔＣｒｏｓｓゲーム内のランクに応じて強さ分けがなされており、各プレイヤーはランクに応じたポイントを持ち、チームでポイント合計がオーバーしないようなルールとなっている。

簡単に言うと、あまりに強すぎるチームは生まれないように調整されているのだ。

ランク分けはブロンズから始まり、シルバー、ゴールド、プラチナ、ダイヤ、そしてレジェンド、アルカナだ。

最高ランク、アルカナはプロの巣窟のようなものなのでともかく、その一歩手前、事実上の最高ランクであるレジェンドクラスまでは何人も大会に参加してくる。

レジェンドだけでチームを組まれると、ゴールド以下のライト層が混ざる隙がなくなるわけだ。

『誘っておいてなんだけど、アリサと組むのは炎上してもおかしくないチート枠なのよね』

『そうなんですよねぇ。時間がないだけで、レジェンドクラスの実力なのにプラチナ止まりっすもんね』

『レジェンドは言い過ぎだと思うんだけど……』

『いや、やれば行くと思うわよ。アリサは』

そう言うセツナは普段からFPSを中心にゲーム配信に力を入れており、レジェンド手前まで到達する実力者だ。

大会はチームを作るプレイヤーに招待枠を渡し、そのプレイヤーがチームポイントの範囲内でメンバー集めをする、という仕組み。

セツナが声をかけて集まったメンバーがこの三人ということになる。

『ウチのポイントが低いのが救いというか……ついていけるといいんですが……』

『メグがついていけるかどうかは、アリサにかかってるかも』

『えっ……どうして……』

里紗が驚くが二人は当たり前だ、という表情だ。

『実力的に見てチームリーダーはアリサにするつもりだし、動きもアリサに合わせることになると思うよ』

『それはちょっと、責任重大ですね……』

招待枠を持つプレイヤーがリーダーである必要はない。

こういったことはよくあるわけだ。

『まあリサちはコーチも捕まえてやる気十分なわけですし、やれるっすよね？』

『うぅ……そう言われるとやるしかないですね……』

『よろしくお願いしますね、リーダー』

『からかってるでしょメグ』

その後は各々使用キャラの相談をしてみたり、試しにプレイしてみたりと、三人なりの作戦会議を続けたのだった。

◇

「やばい……」

アリサと別れて家に帰り、改めて大会の概要を調べた。

「思ったよりレベルが高い……」

ＶＴｕｂｅｒ頂上決定カップ、通称ＶＴＣ。

過去の大会の動画を見て回ったが、アリサの自己申告、プラチナランクでは勝ち負けの話にはならないくらい高レベルだ。

プラチナランクはおそらく極端にゲームが苦手でないなら、時間をかければ到達するランクになる。クラスメイトでやってるプレイヤーもおおよそこのランクの前後をうろうろしている。

ゲームが得意な人ならそう時間もかからずいけるだろう。

ただその上、ダイヤからが本番と言えるが……。

「ダイヤ、レジェンド……中にはアルカナレベルも混ざるのか……」

最高ランクの差はチームの差になるし、コーチするならこのレベルの上でないといけない……。

ポイントシステムの都合上、三人の合計火力はそこまででもないことがあるが、プラチナとアルカナでは撃ち合った場合、完封も起こりうるほどの差がある。

「まぁその点、アリサはプラチナ詐欺だからそこはいいけど……」

いや、それこそが問題でもあった。

「絶対ダイヤ上位……噛み合えばレジェンドでも上位で戦えそうだぞ……」

そんなレベルに今の俺が教えられることがあるとは思えなかった。

なんせ俺がほそぼそクラスの連中とやっているアカウントはプラチナランクなのだ。もはやレジェンド帯の戦いなど、久しく経験していない。

そして何より……。

「なんだよ……登録者十万人って……」

おかしい。

個人のＶＴｕｂｅｒとしては大成功していると言っていい数字だ。改めて動画を見ているとその人気ぶりに驚く。

コーチ、となれば当然アリサに影響を与える。

それがひいてはこの十万人に影響を与えると思うと、荷が重い。

「というか、そんな有名人と会ってたのか……俺……」

VTuberの姿も可愛いし、何より声がいい。

人気になるのがうなずける配信内容だった。

「はぁ……」

改めて考える。

やっぱり荷が重いし、務まるとも思えない。

とはいえ一回やると言ってしまった以上……。

「やるしかないか」

動画に意識を戻す。

「サミクロはやってないんだよな」

火鳥アリサの動画欄にはSummitCrossはない。

アップロードされた動画はなかったが、コーチをお試しで受ける話をしたところアリサから録画が送られてきた。おかげでそのレベルがわかったというわけだ。

「プラチナくらいならと思って受けたのにな……」

なぜこれでサミクロの配信をしていないのか不思議で仕方ないほどレベルが高い。

時間をかければダイヤ上位以上、というレベルなので、VTuberとしては十分な撮れ高を提供出来るだろう。

動画映えする動きもするし向いてると思うんだけどな。

「どうするかな……」

現役時代は一応レジェンドまで行っていたし、当時アルカナランクは存在しなかったという意味では教えられることはあるかもしれない。

だがそこから圧倒的にプレイ人口が増え、その分戦略もテクニックも飛躍的に広がっているのが今のSummitCrossだ。

「まずは俺の状況を確認しないといけない……か」

サミクロはクラスメイトたちとのコミュニケーションツールとしても機能しているので、辞めてからも一応触ってはいる。

あえて慣れないPADで本当に細々と、という感じでやっていたので現在のランクはプラチナの最上位だ。

このレベルでは、大会のレベルを味わうのは不可能……。

「……仕方ない」

久しぶりにキーマウで起動する。

友達とやる用のアカウントは……残しておきたい。だから最近使っているアカウントは使えないので、必然的に以前のものを使うことになるんだが……。

「そもそも久々にキーマウで入るんだから……こっちのアカウントで動作確認だな」

サミクロはシーズンごとにランクをリセットして、毎シーズンどこまで到達出来たかを楽しむという要素がある。ランクリセット時は、前回のシーズンのランクが反映される。使ってないアカウントはランクがどんどん下がっていくということだ。

「つまりこのアカウントは、ほとんど初期ランクからってことだけど」

プレイヤー名、ｒｅｅｅｎ。

俺がかつてレジェンドランクに到達したあのアカウントを起動する。

「ちょっと時間はかかるけど、ちょうどいいだろ」

操作勘を取り戻すところから始まるし、上位帯でやることを想定するなら友達とやっていた甘いプレイは許されなくなる。

まるで別のゲームをプレイするかのように一つ一つの動作を確認していく。

幸い武器のアプデなんかの情報は一応わかっているのでそれが救いだけど……。

「全武器触って確認しないとだよなぁ……」

サミクロは操作キャラという概念はなく、自分でキャラメイクしたアバターが戦闘を行う。

他のＦＰＳとの大きな差異であり、自分がキャラメイクしたキャラの大きさにダメージ補正が入れられる。簡単に言うと小さいキャラは相手の攻撃が入りにくいがこちらの攻撃力も小さくなり、大きければ逆というわけだ。

バトルフィールドに降り立ってから拾う武器にアビリティが付与されており、使用回数の制限や回復までの時間などは武器ごとに異なる。

マップだけはランダム選出なのでどうしようもないが、各武器を触って細かい仕様まで一通り確認してからが本番。

全武器、全アビリティの使用感を試さないといけない。

「そういう意味では、このくらいのランクから始められるのはちょうどいいか……」

サブアカが禁止事項でなくて助かった。というかそもそもそれが禁止だと俺はゲームが出来なかった可能性があるんだけど……。

結局その日は夜通し色々な武器を使って戦闘に明け暮れ、一晩で普段使っているアカウントと同じランク帯までは上げ切って一日を終えたのだった。

■第3話　初コーチング

「……寝不足だ」

結局あれから毎日、本アカと化したｒｅｅｅｎのアカウントでランクマッチに潜り続けた。

普通に学園はあるのに朝までプレイが続き、ようやくやってきた休日は……。

「お試しコーチング、か」

今になって思うとそもそもこのお試しでダメなら俺はお役御免なんだから、ここまで頑張らなくても良かったんじゃないだろうか？

いや……考えたら負けだな……。

で、指定された住所に来たけど……。

「これ……普通のマンションだよな……」

家じゃないよな……？　家じゃないといいな……。

前回会ったアリサを思い出す。

間違いなく誰が見ても美少女だった。

いきなり家に招かれたら平常心でいられない自信がある。

しかもかなりの有名人だ。なんか変な緊張感もある。

「お金はありそうだったし、事務所とかだといいんだけど……」

個人でも配信用に部屋を借りている、くらいのことはしていそうだからその可能性を信じる。

「まあどの道、ここで突っ立ってても仕方ないか」

意を決して指定された部屋番号にコールした。

セキュリティがしっかりしているところなので部屋の前ではなくエントランスからだ。

『あ！　レンさんですね！　今開けます！　というかお迎えに――』

「いや、エントランス開けてくれればいいから」

勢い良く部屋を飛び出してきそうだったアリサを何とか止める。

「緊張してきた……」

エレベーターで上がるまでに俺も落ち着きたいからな……。

◇

「いらっしゃいませ！　あの……狭くて申し訳ないんですが……」

案内されたマンションの一室。

中は完全に……。

「これ、住んでるのか」

「え？　はい！　もちろん！」

事務所という期待はすぐに裏切られることになった。

全体的に女の子らしいというか、白やピンクの可愛らしいゲーミンググッズが並んでいる。

狭い、と言ったが一人で暮らしているとすれば十分な広さだ。

そもそもＰＣ周りに相当な量のものが置いてあるのだから、それでも二人が十分動ける広さが残っているだけで広いと言えるだろう。

「えっと……よろしくお願いします！」

「ああ……よろしく……」

お互いどうしていいかわからず一瞬固まるが、一応仕事だ。こちらから動こう。

「動画、見させてもらった」

「あっ！　ありがとうございます！　えっと……」

「なんでサミクロの配信してないんだ？」

「えっ」

まず聞きたかったのはこれだ。

「配信者って得意ジャンルは活かすもんだと思ってたから。あのレベルなら十分コンテンツになるだろ」

「それは……そうですか？　えへへ」

思ってた反応と違う……。

「うれしいですね、レンさんに褒められると。へへへー」

緩みまくった顔も可愛いのがずるい。

「えっとですね……。レンさんは褒めてくれましたが、それってあくまで普通にうまいのレベルですよね？」

「え？　ああ……」

それは確かにそう。

「それじゃダメなんです」

「ダメ、か」

配信者でもそのレベルでやってる人はいるはず。

なのにダメというのは、アリサの中で何かを問題にしているということだ。

「私、Vになる前はプロゲーマーを目指してたんです」

「そうなのか」

「はい……。動画を見てもらったならもうおわかりだと思うんですが……」

アリサの言わんとすることはわかる。

確かにその目線で見るならアリサの実力は不足しているだろう。

そもそも女子でプロと渡り合っているようなプレイヤーがほとんどいないのだ。

かといってｅ－ｓｐｏｒｔｓは男女で競技を分ける文化もない、となると……。

「どうしても、その目線で見ちゃうんです」

「なるほど」

アリサが表立ってサミクロをやってこなかった理由はわかった。

だったら……。

「今回はどうして出ようと思ったんだ？」

今度はこっちが気になる。

「登録者十万人。多分私は個人勢としてはそこそこ成功した事例だと思うんです」

それはそうだろう。

企業勢と違ってすべてを自分でやらなくてはいけない中での結果だ。

その分見返りも大きいし、同世代の中では……いやそこに絞らなくても結構な稼ぎを得ている勝ち組と言っていい。

「でも、十万で初めて頭打ちになって……ここから先に行くには何かこう、グワーって解放しなきゃと思って！」

急に抽象的になったな。

ただアリサはその方がやりやすいらしく、まくしたてるように続けた。

「私が一番グワーってなるのはやっぱりサミクロで！　そのためにはどうしてもレンさんが必要だったんです！」

「お、おお……」

「私がプロを目指したのも、ずっとレンさんの動画を見てた影響です。あんなにすごいプレイヤー、もうきっと出てこないと思うんです」

「昔の話だぞ？」

「でも、です！　当時から今まで！　あの年齢であの活躍をした人はいませんでした。レンさんが終わり際、勝率が下がっていたのだって、今プロとして活躍してる人たちがレンさん用の対策を練り上げてきたからですし……とにかくっ！　私は……ってうわーやっちゃった……私ばっか喋ってすみません!?」

急に戻った。

「いいんだけど……」

「ごめんなさいごめんなさい！　とにかくですね……私はレンさんと一緒に大会で活躍し

たくて……だからあの、出来ればチームのことだって、大会期間のコーチングも頼みたくて」

「ええ……」

ＶＴＣの大会には確かに各チームにコーチが入る。

大会本番は日曜日の丸一日を使って行うが、その週の平日も夜から深夜にかけて参加チーム間で練習戦が行われる。

一週間が祭りのような期間となり、その期間中にチームに入ったコーチからアドバイスを受けながら成長していくのも醍醐味となっているわけだ。

「えっと……まず私が見切りをつけられちゃうとそれまでなので……今日はその……頑張りますっ！」

グッと、両手で頑張るポーズを取る美少女、アリサ。

試されてるのは俺じゃなかったのか……。

まあどのみちチームのコーチはチームメイトの意向もあるし、そもそも俺みたいな無名のプレイヤーに務まることでもないだろうから置いておく。

「まあまずは……実際のプレイを見るか」

「お願いします！　と言いたいんですが……もしよかったら一緒にやりませんか？」

「一緒に……？」

「はい！　というかレンさん、ｒｅｅｅｎのアカウント、使いましたよね？」

「え、何で知ってんの……」

そんな目立つランクにも行っていないのに……。

「レンさん、自分の影響力を過小評価しすぎです。私が相手してもらえるなんて本来おかしいくらいの人ですからね」

「いやいや……」

相手は登録者十万人を抱える人気ＶＴｕｂｅｒ。

こちらはもう七年も前に辞めたゲームで話題になった程度だ。

全然アリサの方がすごいだろうに。

「今言っても信じてもらえそうにないのでいいんですが……とにかくっ！　レンさんもサミクロ出来るってことですよね⁉」

「まあ……」

「やった！　二人で出来るようにセットしてるんです！　ちゃんとｒｅｅｅｎとして公表してたキーマウも揃えて！」

「おお……」

準備がいいというか……。

「やっぱり……ダメですか？」

「ダメじゃないけど……」

少し悩んだが、まぁ確かにプレイ動画は見させてもらっているわけだし、チームで動いたときにどうなるか確かめた方がいいかもしれない。

「いいんですかっ!? 夢だったんです！ ｒｅｅｅｎとプレイするの！」

ウキウキで準備を始めるアリサを見ながら考える。

果たして今の俺が期待されたプレイを出来るかと……。

……無理だろう。

一週間もなかったがそれでも練習してきたからこそわかる。

今のＳｕｍｍｉｔＣｒｏｓｓはもはや俺がｒｅｅｅｎとして活動していたときとは別のゲームだ。

「レンさんのパソコン、準備出来ました！ 椅子は適当に調整してください！」

「ああ、ありがと……」

まあ、出来ることをやるしかないな。

と思ったんだが……。

「よし。あ、ヘッドセット繋いだらもう私と通話状態になってるので、ミュートだけ外してください」

「ありがと……いやそれはいいんだけど……」

「ん？」

「近くないか……？」

そりゃそうだろうという話ではあるんだが、本来一人が作業するようなスペースに無理やり二つモニターを並べているような格好だと当然スペースが限られてくる。

「あ、すみません。狭いとやりづらいですよね……」

アリサは全く気にする様子もなかった。

ゲーミングチェア同士なのでまあ俺が気にしすぎなだけかもしれない……。

「いやごめん。そっちが狭くなったら意味ないから。これでやろう」

「大丈夫ですか？」

「……大丈夫」

距離が近いだなんだということよりそもそもここに来たのが問題なんだ。

女子の部屋になんて入ったこともなければこの距離で会話したこともない俺が悪い……

ならもう合わせるしかないだろう。

金をもらうかもしれないんだから。

『では、やっていきましょー！　トリオにしますか？　二人ならデュオでやります？』

会話をヘッドセット越しに切り替える。同時に気持ちも切り替えた。

性能がいいのかハウリングは気にならない。肉声でやるとなるとゲーム音が聞こえなくなるから助かった。

『トリオにしよう。実戦形式の方がいい』

細かいテクニックだなんだという話ならデュオでもいいが、サミクロはテクニックより立ち回りのゲームだ。

とはいえ俺は割と立ち回りよりも動きを重視しがちだったけど……。

『わかりましたー！　私武器は……』

『マシンガンとスナイパー系だったな』

『覚えてくれたんですか⁉』

『動画見たばかりだからな』

スナイパー系の遠距離武器を持ちたがるから中近距離対応のマシンガンを併せ持つスタイルだ。

それぞれの系統に武器は三から五種類ほど。

それぞれが持っているときに発動出来るアビリティを有している。

スナイパー系なら三十秒に一度だけリロード出来る高威力の弾とか、緊急避難用の移動スキル、みたいな感じだ。

『レンさんは……』

『何でもいいけど、アリサに合わせるならアサルトライフルと近距離で戦える何かか』

本当はその中でも武器に強い弱いがあるが、選べるほど潤沢かどうかは降りてみないとわからないしな。

『流石……！　よーし！　まずはやってみましょー！』

意気揚々なアリサとマッチングを開始する。

三人が味方となって行うバトルロイヤルシステムのゲームだ。

システム上あと一人は野良の味方になる。音声で連携を取れれば理想だが、野良との音声やり取りは基本行わない。やっても簡単なキーボードでのやり取りくらいだ。

『オーダーはどうしましょう？』

『野良がいる以上合わせるしかないけど、俺はアリサに合わせるよ』

『私ですか!?』

『大会、アリサは多分司令塔になるだろ？』

三人のチームで動く以上、意思統一のために司令塔は必ず必要になる。

司令塔は最も重要な役割だ。司令塔が出すオーダーいかんで同じチームでも順位は大きく異なる。

実力が拮抗（きっこう）するプロのチームなら適性に応じて司令塔が決まるが、そうでもない限り一番うまい人が指示を出す。

『その可能性は高いですけど……』

『だったらその練習をした方がいいだろ――あ、マッチングしたな』

『わかりました！　頑張ります！』

とはいえ野良次第なところがあるので何とも言えないが……。

まあ何はともあれやってみよう。

◇

「勝ったー！　え、こんな簡単にチャンピオン取っていいんですか!?」

「アリサのオーダーがよかった。ポイント稼いでうまいこと安地に入れたし」

バトルロイヤルのフィールドは時間経過とともに縮小していく。

これによりチームは移動を強いられ、最後は安地の外に追いやっただけで相手が倒れるほどダメージは大きくなる。

なのでうまく移動しなければならないし、周りも同じことを考えているのでタイミングやルートを考えるのがゲームの肝だ。

「オーダーは確かに出しましたけど……安地読みもしてもらいましたし、そもそも野良をあんな風についていかせるなんて……」

「安地読みは慣れだと思う」

「慣れますか!?　というかレンさんってアカウント使わなくなってからも他アカでやってたんですね!?　じゃないとあんなスムーズにいかないですよね？」

「まあ……」

それが功を奏したのはよかった、かもしれない。

「これだけ人気のゲームだし、友達とやることもあったから」

「ｒｅｅｎのアカウントは使わなかったんですか？」

「復帰したのはここ一年ちょっとだし、最近はＰＡＤの方がいいかと思ってそっちにしてた」

「えー!?　ＰＡＤもいけるんですか!?」

「いや、本気でやるならキーマウの方がいい」

ＰＡＤのメリットはその操作性と入り込みやすさだ。

その代わりキーマウほど複雑な動きは出来ないため、相手を倒すだけならＰＡＤ、攻撃を躱すならキーマウ、というのがおおよその考え方だろう。

そして競技においては倒すことより生き残ることが求められる。

今からアリサがやる大会はまさにその典型、キーマウの方が間違いなくいい。

「すごいですね……レンさん……」

「いや……このランク帯だったからな」

「これだって私がチーム組む子たちとやればかなり苦戦しますよ⁉」

「アリサはなんというか、やりようによって全然変わると思うんだよな……」

何かが噛み合っていないだけで、爆発力は間違いなくある。

それを教えるのが俺の仕事……だな。

「というか、もうチームメイトがいるのか」

「はい！　私はサミクロの配信してなかったので、招待してくれた子が別にいて……この子、わかります？」

見せられたのは雪道セツナというＶＴｕｂｅｒ。印象はクール系。雪道、と言っている通り雪っぽい……雪女がモチーフかもしれないようなデザインだ。

登録者数は八万人。アリサと並んで相当な実力者だな。

動画一覧はアリサと違ってサミクロが目立つ。だからこそ招待もされたんだろう。

「セツナは前々回からＶＴＣに出てて、毎回誘ってもらってたんです」

「そうなのか」

「はい。でも毎回私が断っちゃってて……」

十万人で頭打ちになるまでは断っていたというわけか。

まぁプロを目指していたのに中途半端な姿は見せられないという気持ちは、なんとなくわかる。

というより、俺の挫折も似たようなところが原因な気がするし……。

「あと一人はこの子です！　稔メグム！」

ぱっと見の印象は小さいこと。

豊穣の神か何かがモチーフらしく、神様っぽい衣装と少し幼さのある顔のギャップが可愛らしかった。

登録者数は三万五千人と、二人に比べれば少ないが十分個人勢としては上位と言っていい数字だ。

「セツナは見ての通りがっつりサミクロプレイヤーですが、メグはゲーム自体そんなにやるタイプじゃなくて……ただすごく頭がいいのでランクはすぐ追い付くと思います」

なるほど。

大会のルール上、全員が高ランクでチームを組むことは出来ない。

その調整としてはちょうどいいんだろう。

「元々仲いいのか？」

「はい！　個人勢はコラボ相手が限られるというか、見つけるのも大変なので自然と一緒にやることは多くなりますね！」

「そういう感じか」

確かに企業勢は企業の中でコラボ出来るが、個人勢もそういう緩い繋がりは増えていくんだろう。

「オフコラボもしてますしね！　二人ともすごい美人で可愛いですよ！」

「そうなのか……」

そう言うアリサがこの可愛さなのだ。正直女子の可愛いは当てにならないとは思っているけど、本当に三人ともともとなればオフでも目立つだろうな……。

「会ってみますか？」

「いやいや……Vの中の人とそう簡単に会うわけにいかないだろ」

「えー、でもチームのコーチってなったら一緒にご飯くらい行きたいです！」

「それは……そもそもチームまで見るのは他の人に頼んだ方が……」

「嫌です！　レンさんじゃないと！　今日一戦やって確信しました！　やっぱりレンさんはすごいです！」

前のめり過ぎて距離が近い……。

部屋着なせいだろうか。だらしない、というわけではないが前回はわからなかった胸が強調されて目のやり場にも困る。

「チームコーチの件、すぐでなくていいんで考えてください！」

勢いに押されそうだったので引いてくれたのはよかった。

というか……。

「えっと……俺はともかくチームの二人は何も言わないのか？」

「大丈夫だと思いますよ？」

「まずそっちを確認して欲しい。その……セツナって子は前回までも参加してたなら頼んでた相手がいるだろ？」

「あー！　確かにあの子何も言ってなかったけど、います……」

「だろ？　だから……」

「わかりました！　ちゃんとレンさんで行くって説得しておきますから！」

「いやそうじゃなく……」

まあ、チームメイトにうまくやってもらうことを祈るか……。

個人コーチならともかく、チームのコーチは過去の大会でもかなり目立っていた。チームの選手がＶＴｕｂｅｒなのに対してコーチはプロや元プロがずらりと並ぶんだから目立つのも当然と言えば当然なんだが。

とにかく今の俺に務まる場所ではないだろう。

一旦お茶を濁しつつ、その後も何戦かアリサとプレイをしながら軽いアドバイスをするにとどまった。

これでいいのかと思いつつ、アリサは満足そうだったので一旦よしとすることにした……。

■第4話　メグ強襲

「これは……」

靴箱に入った一通の手紙。

可愛らしい封筒とシール。

まさか……と考え込みそうになった瞬間……。

「お、怜！　おはよ」

「ああ、和夫（かずお）」

「なんだー？　下駄箱でぼーっとして。ラブレターでも入ってたか？」

一瞬焦るがすぐに返す。

「まさか。今どき下駄箱にラブレターは色々ハードル高いだろ」

「だよなぁ。じゃあとっとと教室行くかー」

特に気にする素振りもなく和夫は歩いていく。

俺もこっそり手紙を鞄に忍ばせてから、教室へ向かっていった。

◇

結局あの後は和夫と教室に入ってずっと喋っていたせいで手紙を見る機会がなかった。

休み時間では同じことになるので、あまり褒められたものではないが授業中にこっそり確認するとしよう。

「ここを……三木下、読んでみろ」

「え……えっと……」

和夫が教師に当てられている隙に鞄から手紙を取り出す。

封筒には特に何も書かれておらず、シールを外すと中身もまた可愛らしい便箋が出てくる。

「――っ⁉」

思わず声が出そうになって口を押さえた。

これ……。

（宛先がｒｅｅｅｎ……だと……）

俺がｒｅｅｅｎとして活動していたことはもちろん学園の人間には言っていない。

どこから漏れたか。差出人は誰か。相手の目的は……。

色々考えることはあるが、何はともあれ……。

「行かないといけないな」

手紙には「今日の放課後屋上に」という、本当にラブレターのような内容が書かれていた。

だがこれがラブレターではないことは宛先の時点でよくわかっている。

「次……蒼井！　続き読むように」

「あっ……」

完全に意識を手紙に持っていかれていた俺に和夫がページを示してくれた。

助かる……いや……。

「すみませんどこからでしたっけ」

「お前なぁ……百四十七ページ三行目だ。ちゃんと聞いとけ」

「ありがとうございます」

読み上げながら和夫を睨む。

あいつが指してたページは全然違うページのコラムだったからな……。

◇

放課後。

和夫を蹴り飛ばしてから手紙の主のもとへ向かう。

和夫は笑いながら帰っていったので良しとしよう。お互い帰宅部なので普段ならどこかに誘われたり誘ったりするんだが、今日はタイミングが良かった。

「さて……」

屋上は開放されているが放課後になってまで来る奴はめったにいない。

おそらくここに来るのは手紙の差出人と俺だけだろう。そう意気込んで扉に手をかけたところで――。

「蒼井怜先輩っすよね？」

予想外に階段の下から声をかけられた。

「どもっ。水島（みずしま）めぐみって言うっす。一年なんで多分、初めましてですよね？」

「えっと……」

「あーそれとも、ｒｅｅｅｎ先輩の方が良かったっすか？」

ニッと笑いながらそう言ってくる後輩、水島めぐみ。

ショートの髪型がよく似合う後輩ということを差し引いても小柄な女の子だった。

目は大きいし顔立ちは幼いながらも可愛らしい。出会いがこうじゃなきゃ少し見とれていた可能性があるくらいの美少女だった。

「……勘弁してくれ。何の用だ？」

「あはは。警戒しないでください！　別に何か脅そうとかそういうわけじゃないっすから」

警戒するな、という方が無理のある状況であっけらかんと笑う。

「まあほら、ちょっとお願い聞いてもらえたらそれでいいっす」

ニヤッと笑う笑顔は爽やかなんだが、俺にはそれが邪悪なものに見えて仕方なかった。

◇

流石にあの場で立ち話を続けるのも、となって近くの喫茶店に二人で入った。

こんなところ和夫あたりに見られたら絶対騒がれるんだが、もはや色々気にする余裕がない。

とにかくこの子の目的を摑んで身バレを防ぐ必要があるからな……。

「水島さん、だっけ……」

「あーウチのことはメグって呼んでください」

「メグ……メグ？」

「お、なんか思い出しました？」

「いや……最初から思ってたんだけど、アリサの友達、だよな？」

メグという名前で確信した部分もあるが、ｒｅｅｅｎのことを知っていてこのタイミングで接触してくるのはそっち方面ではないかと思っていた。

稔メグム。アリサが紹介してくれたチームメンバーのＶＴｕｂｅｒ、その中の人ということだろう。

「せいかーい！　でもちょっと勘違いしてるっすよ。ウチが先輩のことｒｅｅｅｎだってわかったの、先輩のＰＯＮですから」

「え……？」

「学校のＰＣでｒｅｅｅｎのアカウント触りましたよね？　先輩」

「いや……あ！」

一回だけある。

ｒｅｅｅｎとしてのプレイを再開してすぐのＰＣ室での授業中、どうしても今のキルレートを思い出したくてログインしたんだ。

ただ学校のＰＣはシャットダウンすれば入力履歴なんかも全部消えるはずなんだけど

……。

「先輩、あの日消してないですよ、ＰＣを」

「え……」

「ｒｅｅｅｎの名前にピンとくる人は限られてたかもしれないっすけど……見つけたのがウチで良かったと感謝して欲しいくらいっす！」

それは確かに俺がポンコツをさらしたという意味でＰＯＮと呼ぶにふさわしいだろう。

「見つけて、あとは授業時間からクラスを、席順から出席番号を把握しちゃえば、顔がわからなくても下駄箱の場所はわかりますからねー」

確かにそのくらいは出来そうだが……。

「行動力がすごい……」

「じゃないとＶなんてやってないっすからね！」

そう言われてしまえばそうなのかもしれないな……。

「大体のことはわかったけど、その上でなんで俺にわざわざ声かけたんだ？」

それこそＶＴｕｂｅｒという仕事上、俺に顔を知られるのはリスクが増えるだけだと思ったんだが……。

「あれ？　ここまでやったのに気づいてないんすか……むむ……」

なぜか考え込むように下を向かれる。

小柄なメグがそうすると、比較的大きないちごパフェに身体ごとすっぽり隠れてしまって見えなくなるくらいだ。

「ＶＴＣ、チームコーチの依頼はリサちからされてますよね⁉」

「ああ……」

「ウチからもお願いっす。コーチ、まだ悩んでるって聞いたっすから」

「それは……」

悩んでいるというか、どう断るかを考えていたくらいだ。

やっぱり俺に務まるとは、どうしても思えない部分があったのだ。

「もちろんタダでとは言わないっす」

メグの言う通り、タダではないんだ。いや、むしろだからこそ荷が重いんだけど……。

だがメグの言う「タダでとは言わない」の意味は、こちらの思うそれと違っていたらしい。

「引き受けてくれたらウチと仲良くなれるっす。ほらほらどーっすか？　年下の可愛い女の子が先輩の灰色だった人生を塗り替えてあげますよ！」

どこからツッコんだらいいんだ……。勝手に灰色にしないで欲しい。何か色がついているとは自分でも思っていないけど……。

悩んでいるとメグがこちらを覗き込むようにしながら聞いてきた。

「嫌だったんすか？　リサちのコーチ」

「コーチは嫌じゃなかったけど、チームでってなると話が変わるだろ」

「それは……」

「セツナって子が一番経験者なんだろうし、まずそっちに確認取らないとだ」

「あ、それは大丈夫っす。なんかセッちゃんの元コーチ、今回は違うチームにつかなきゃいけなくなったとかで」

「違うチームに？」

「はい。まだ詳細は明かせないみたいっすけど……。まあそうじゃなくても、ぶっちゃけリサちがあれだけｒｅｅｅｎに入れ込んでるの知ってるんで、今回はそうしたと思いますよ」

「なるほど……」

退路が……。

「まあそういうわけなんで、ウチとしてはリサちが喜ぶからｒｅｅｅｎさんにやってもらいたいんすよ」

先ほどまでのいたずらっぽい表情ではなく、まっすぐこちらを見つめてそんなことを言ってくるメグ。

身長の問題もありテーブル越しの視線が上目遣いだ。

「どうっすか？　ほらほら、Ｖの身体より実物の方がおっぱいもあるんすよ、実は。可愛くておっぱいもある後輩ちゃんと仲良くなるチャンスですよ！」

思わず胸に視線が行きかけて慌てて戻した。

確かにちょっとふくらみが大き……いややめろ。相手は後輩だぞ。

「黙らないでくださいよ！　恥ずかしくなるじゃないっすか！」

「えっと……ごめん」

「謝られてもなんかこう……もう！　どうなんすか!?　嫌なんすか！」

メグがすごい剣幕でこちらに詰め寄ってくる。

「嫌ってわけじゃない」

「じゃあ決まりっす！　リサちにもセッちゃんにもウチから報告します！」

「ええ……」

「どうせ色々考えてるんでしょうけど大丈夫っす！　そもそも二十もチームがあってウチらは現状ほぼ注目されてません！　相手はリサちの倍以上登録者がいたり、普段からサミクロにガチな企業勢だったりっすから！」

メグがまくしたてる。

「場違いかなとか色々考えるのはわかります。ウチだってそう……なんならウチが一番、あの大会では場違いなんです。サミクロもそんなにやってないし、登録者も皆の半分以下……。ウチからしたら先輩は立派な有名人なんすよ！」

「それは……」

「伝説のサミクロプレイヤーreeen。アカウント戻しただけでこの注目度なんですからね⁉」

「え……」

バッと差し出されたスマホの画面にはｒｅｅｅｎと書かれた記事がデカデカと載せられていた。

「ウチの記事が出たってこうはならないっすよ」

「これは……」

『【朗報】伝説のサミクロプレイヤー復活！』

自分のスマホでも調べたが確かにＳＮＳでもちょっとした話題になるレベルだった。

「自分の影響力を過小評価しすぎっす。リサちがそう考えてるとは思わないっすけど、正直変なプロに頼むより先輩に頼む方が断然宣伝効果もあります」

さらにメグは続ける。

「しかも今から依頼するコーチを探すのは結構大変だと思うっす。セッちゃん頼みになっちゃいますし……。だったらリサちが人となりを信頼してるｒｅｅｅｎさんにそのままお願いしたいじゃないっすか」

「そう聞くとそうなのかもしれない……」

「かもしれない、じゃなくそうなんです！　だから余計なことは考えずにやるかやらないかっす！　ほら！」

「わかった……三人がいいならやるよ……」

気づいたらこう答えていた。

勢いに押されたと言えばそれまでだが、正直ちょっとワクワクしている部分もある。

「やった！　二人も喜んでくれるっすよ！」

小さくガッツポーズをしながらメグが言う。

「なんでそこまでして俺に声をかけたんだ？」

「それは……ウチは二人に比べて何もないっすから。出来ることをやりたいと思って。先輩が同じ学園にいたのはほんとにただの偶然でラッキーっすけどね」

ニヤッと笑いながらメグが言う。

「先輩もこんな可愛い子と同じ学園でラッキーボーイというわけです！　ということで、今日からよろしくお願いしますね？　コーチ」

「はいはい」

わずかな交流ながらこの子のこと……というより扱いはわかったかもしれない。

「もう……ま、いいっす。ここのお金は払っておくので今日は解散にしましょう！　夜リサちに呼び出される気はしますけどね！」

「あ……」

伝票をサッと持っていくメグに金を出そうとしたが……。

「経費になるんで大丈夫っす！」

そう言ってレジに向かおうとしたメグが振り返って言う。

「どうしても払いたいって言うなら、次は先輩が誘ってくれたらいいっすよ」

それだけ言ってパパっとすべてを済ませてくるメグ。

色々な意味で手に負えない相手に捕まってしまったようだった。

■第5話　チームの現状

『というわけで、チームコーチに就任させたっす』

夜。

確かに呼び出されはしたんだが、相手はアリサじゃなくメグのほうだった。

『えええええ……こんな突然!?　レンさん大丈夫だったんですか!?』

アリサがわかりやすくテンパっていた。

呼び出された、と言っても通話アプリ上だ。

昼に交換した連絡先にメグが連絡してきたかと思ったら、突然グループに放り込まれたわけだ。

『私、初めましてなのよね……』

『そうでした！　ｒｅｅｎことレンさんです。セッちゃんですよ、先輩！』

『よろしくお願いします……でいいのか？　このチームはえっと……』

『セツナでいい、それに大丈夫、です。やってくれるならぜひ、お願いしたかった』

『ならよかったです』

いやよかったんだろうか……。まあいい。やると決めたし一番心配していたチームメイトの反対もないと言うならもう腹をくくろう。

『って！　レンさん！　いつのまにメグと仲良くなったんですか⁉』

『ふふふー。ウチの可愛さの前にイチコロでしたよー？　先輩は』

『適当なこと言うな……学園で突然声かけられたんだよ』

『学園……？』

反応はセツナの方が早かった。

『ウチと先輩、同じ学園だったんすよー』

『何それずるい⁉』

『放課後デートしてきましたよ』

『ぐぬぬ……』

何を張り合ってるんだ……。

アリサとメグが言い争いしてる間におそらく一番まともなセツナと話を進めよう。

『突然で申し訳ないです。ああ、多分セツナさんの方が年上だしため口で接してもらえたら……』

『こちらこそ。私のことも呼び捨てでいい。敬語もいらない』

『……いいのか？』
『いい。その方が自然だから』
『そうか』
『うん……。お金のこととかも話さないといけないけど……まずは……』
セツナが何か言いかけたのを、並行してやいやい言い争っていた二人が遮った。
『まずは親睦会っす！』
『そうそう！』
言い争ってたはずなのにすぐ意気投合する二人にセツナは苦笑いしながら答える。
『そうね』
『もう二人も会ってるんですし、こんな通話でやる必要ないっす！』
『確かにそうですね！　レンさん、どうですか⁉』
『どうって言われても……』
なんて答えればいいんだ……。
『なら家に来る？　多分みんな、そんなに遠くないと思う』
『セッちゃんの家⁉　いいんですか⁉』
『家なら色々あるし、ゲームの話になってもすぐ出来るでしょ？』
『確かに！』

アリサが言う。

いや……。

『待った、そんなすごい家なのか……？』

ゲーム、といっても今このメンバーが集まって出てくる話題はサミクロだろう。

三人のチーム戦だから四台目は要らないとはいえ、三台稼働出来る広さと設備ということになる。

『すごいんですよ！　セツナの家！　レンさんも一度行くべきです！』

『むしろコーチを受けるのもちょうどいいんじゃないっすか？』

『みんなが困らないならまぁ、いいけど……配信するなら各自になるわよ？』

まあ確かにオフコラボで並んでサミクロというのもおかしなことになるだろう。

『どう……？　レン』

『レン!?　呼び捨て!?』

『まあ、セツナがいいなら』

『気にしてない!?　ぐぬぬ……』

またアリサがよくわからないところで張り合い始めたが気にすることなく予定が決まっていく。

とりあえず次の日の放課後、セツナの家に集まるということで一度解散になったのだった。

◇

次の日。

「せんぱーい。迎えに来たっすよ」

「はぁっ⁉」

放課後、教室中の視線が一気に俺へと向いた。

和夫はすでに俺に詰め寄ってきている。

「おま⁉　誰だあの可愛い子！　いや水島さんじゃねえか⁉　どこで知り合ったんだ⁉」

ぐわんぐわん襟をつかんで振り回してくる和夫を何とか振りほどく。

「有名なのか」

「有名も何も一年じゃ一番可愛いって話題になってただろ」

「そうなのか」

まあ確かに可愛いんだけど……そこまでだったのか。

「というか迎えってなんだ⁉」

興奮して摑みかかったまま詰め寄る和夫を、同じくクラスの悪友、斉藤幹人（さいとうみきと）がなだめてくれた。

「まぁまぁ、行かせてやれよ和夫」

「いいのかよ」

「今問い詰めても水島さん待たせちゃうだろ。後で尋問してあわよくば水島さんの友達を紹介してもらうんだよ。というかこいつのことだから別に水島さんとも付き合ったりじゃないだろうしそっちもワンチャンある！」

ろくでもないことを考えていた。

「仕方ねえな……。ちゃんと話せよ！　最近サミクロも付き合いわりいし」

「ああ」

まあ助かったしいいとするか……。

そういえばｒｅｅｅｎのアカウントにしてから二人とは出来てなかったな。

またやらないと。

「とりあえず行くわ」

「ああ、あんま待たせんな。ちゃんと俺たちのこと紹介しとけよ」

「はいはい」

そんなやり取りを済ませて廊下で待つメグのもとに行く。

「悪いな」

「いえいえ。むしろすみませんっす。こんな目立つと思ってなくて」

「……嘘だろ」

「バレました？　なんかちょっと先輩困らせようかなって思ったんすよね」

「こいつ……」

あいつらもあいつらだがメグも大概、いい性格をしているようだった。

「まあでも、セッちゃんとこ行くなら一緒じゃないと先輩場所知らないっすからね」

「それは助かるけど」

釈然としない気持ちを覚えながら、メグの案内に任せてセツナの家へ向かうことになる。

バスを乗り継いで行ける範囲なので本当に割と近くだな。

◇

「到着っす！」

「まじでここなのか……」

たどり着いたのはいかにも高級そうなタワーマンションだった。

慣れた手つきでメグがエントランスからインターホンを押し、すぐに巨大なガラス扉が自動で開いた。

「すごいな……」

「セッちゃんちはいつ来てもすごいですよねぇ。めちゃくちゃお嬢様らしいっすよ」

「だろうなぁ」

家賃がいくらかも想像できないようなマンションだった。

エレベーターで上層階に昇っていく。

マンションなのに玄関前に庭のような空間がある家だった。

「ようこそ」

「おじゃましまーす！」

「おじゃまします……」

招き入れられた先の景色も、期待を裏切らない綺麗さと広さだ。

「あ、レンさん！　メグ！」

「もう来てたんすねー、リサち」

先に来ていたアリサも一緒に出迎えてくれた。

「え、二人一緒に来たんですか？」

「そうっす。同じ場所からですし」

「むぅ……私のレンさんだったのに……」

おかしなことを言ってるアリサは無視しよう。

「すごい広さだな」

「そうなんですよ！　すごいですよね、これにまだ部屋があるんですよ！　うちの狭さとは大違いです」

「アリサの家も別に狭いってわけじゃないのにな……」

「え、先輩リサちの家行ったんですか⁉」

メグに突っ込まれた。

アリサが「何で言ったんですか」とジト目で睨んでくるけど仕方ないだろう……。別に隠すことでもないと思ってたし。

「じゃあウチだけ家に招いてないってことじゃないっすか。先輩、明日来てください。ご飯も出しますよ！　お母さんが！」

「実家かよ⁉」

「そうっすよ。というか二人がおかしいだけっす！　大体学園の子は皆実家じゃないですか！」

それもそうか……。

同世代で一人で暮らしてる方が少ないよな。

「あれ……？　もしかして先輩も……？」

「実家だけど一人暮らし、だな。親が海外にいる」

「何それかっこいい！　いいなぁ」

「うちと一緒ね」

ちょうどよく紅茶を入れたお盆を持ってきてくれたセツナがそう言う。

「元々このマンションは皆で住む予定だったけど、ちょうど海外転勤になったから」

「なるほど……」

うちはずっと住んでいた一軒家にそのまま俺が残った形だが、似たような話と言えば似てるな。

とはいえ規模が違いすぎるというか……いや一軒家だから広さだけならうちの方があるんだろうか。もう考えてもわからないし仕方ないな……。

「今度先輩の家も行きたいっすねー」

「ずるい！　私も行きたいです！」

「いや……別に何もないぞ」

「でも気になる……。ｒｅｅｅｎの環境」

セツナが言う。

「レンさんが慣れてる環境でどんなプレイするか見たいですね」

まあそういう意味では……。

「今度な」

「いいんですかっ⁉」

「おもてなしは出来ないぞ」

出てきた紅茶は香りだけでいいものだとわかるし……。うちにあるのはせいぜい水出し麦茶か薄めるタイプのジュースくらいだ。

それでもアリサは気にしないようで……。

「やったー、いつ行くか決めましょー！」

スマホで予定表を開きながらアリサが言う。

楽しそうなアリサを見てセツナとメグが笑って合わせる。なんとなく三人の関係性が見えたのは、すでに今日の成果と言えるだろう。

なんだかんだと次の予定を話していって、ようやく一息ついたところで俺から話を持ち出した。

「さて、せっかく集まったから聞きたいこと聞いてもいいか？」

「なんですかー？　スリーサイズはまだ教えないっすよ？」

すぐにメグが茶化す。

しかも自分で胸を持ち上げながら、だ。それが出来る時点で普通に大きいんだが、アリサがさらに大きいからな……。

いやそういう話じゃない。

「私はスリーサイズ、全部Vで公表してるわね」

「えっ！　あれセッちゃんリアルなサイズなんですか⁉」

「そうね。胸がないのも……」

ゴゴゴゴという効果音が聞こえてきそうなほど恨めしそうな表情でメグを睨むセツナ。

アリサにいたってはもはやセツナが視界に入れないようにしていた。

「うぐ……スリーサイズの話はやめましょう。で、聞きたいことってなんすか？　先輩」

メグが言い出したんだけどな……。

まあいい。

「アリサには聞いたけど、大会に出る目的とか目標を聞いておきたくて」

「なるほどー。ウチはそんな大層な理由はないっす。お二人に誘われたのでやろうと思った、くらいで。ウチからしたら大チャンスですからね、あのVTCに出られるってだけで」

メグは前に一番場違い、なんてことを言っていたが、まあそれは言い換えれば一番チャンスをもらったとも言えるのか。

「私は元々サミクロが好きだし、運営さんからは毎回声かけてもらってたから……でも、どうせなら今回は、勝ちたい」

「勝ちたい……か」

「アリサがいる。それにVTCの仕組みを考えたら、チャンスだと思ってる」

「仕組み……」

「MVPが出られなくなるってやつっすね」

「うん。正確には上位大会の招待に変わる」

そういえばそんな仕組みがあったな。

過去のMVPレベルのプレイヤーは他の大会に出たり、解説側になったりしている。殿堂入り枠ってわけだ。

確かに徐々に強い人間が上に抜けていくシステムで、アリサのレベルなら……というのはわかるな。

「ウチはなるべく足をひっぱらないようにするしかないっすけど、せっかくなら勝ちたいっす」

メグが言う。

まあメグからすればそうだろう。

ランクはシルバー。やってないだけ、というのを差し引いてもそれなりの差はある。まずは移動についていくだけでも精一杯になるはずだ。

「なんだかんだ言ってみんなVTuberとして活動していますので、これで注目してもらえたらそれに越したことはないです」

アリサが言う。

「それはもちろん、そう」

「そこはウチもっすねー」

まあそれはそうなんだろう。

あくまでもそれが目的で、勝つのは手段に過ぎない……と思っていたが。

「でもどうせなら、勝ちたいですね」

どうやら三人とも勝つことが目標に近いようだな。

「勝てば自動的に目立つし、まずそれを目指すか」

「そうっすねー。ただまだ表で発表してない以上、あんまゲームに触れられないんすよね」

「私はともかく、メグのランクだとやるだけ上がるからね」

「そういえばそうか」

出来ても数戦。

夜通しでやれば少なくとも一つ上のゴールドまでは行ってしまうだろう。

「にしても……勝つのが目標ってなると、ほんとに俺でいいのか……？　現役とは言わずともプロレベルの人に頼んだ方が確実じゃ……」

念のためセツナを中心に確認を取る。

返してくれたのはメグだった。

「今回の大会も上位はほとんど企業勢っす。ウチら、というかリサちとセッちゃんは個人としては超大手って感じですが、企業勢は爆発力があるっすからね。その中で目立つにはそれなりのことをしないとです」

答えになっていないメグの言葉を、セツナが引き継ぐ。

「そうね……それこそ、伝説のプレイヤーをコーチに付ける、とか」

「え？」

「リサちは計算じゃなくやってたとこもある気がしますが、ウチとしてはそこも大きいと思ってるって言ったじゃないっすか。セッちゃんもこっち側っす」

メグがニヤッと笑う。

アリサを見ると……。

「えっと……正直ちょっと、ｒｅｅｅｎの名前にあやかろうという思いはありました」

「いや、別に責めはしないんだけど……」

役に立つのかという疑問があるくらいだ。

とはいえメグが見せてきた記事みたいに、一定数の効果はあるんだろう。

「もちろん、勝つためにも一番いいと思ってる」

セツナが言う。

「コーチの技量で成長するとはいえ、一番は結局プレイヤーのモチベーションだから」

そう言ってアリサを見る。アリサはやる気満々とアピールするように手を前に出してガッツポーズをしていた。

「ま、目立ちたいし勝ちたいってわけっす。なんで今日は、ｒｅｅｅｎステップ、教えて欲しいっすね！」

横に座っていたメグが立ち上がって言う。

スカートが広がるくらいの勢いでターンを決めて俺のところに近づいてくる。

「どうっすか？　伝説のプレイヤー直伝の技とか、カッコよくないっすか⁉」

「あれか……」

「確かに！　メグが覚えてたらちょっと面白いですね」

とはいえあれはそんなに派手な技でもないしな……。撃ち合いの途中で相手の予想の裏をかくだけなので、極論を言えば見栄えは結果論とも言える。

「それはまあおいおい考えるか。教えるのは全然いいから」

「やった！　ウチはいざとなれば放課後先輩を捕まえていつでも教えてもらえますしね」

「それはそう……なのか？」

「だめですよ⁉　レンさん忙しいのに！」

ガバッと立ち上がって物理的にメグを止めに入るアリサ。

「えー。どうなんすか？　先輩。こんな可愛い後輩相手なら時間空けますよね？」

アリサに抱きしめられるように動きを制されてもめげずにこちらに問いかけてくるメグ。

「だーめーでーすー！」

特に忙しくはないんだが、なんとなく反対しない方がいい気がしたので黙っておいた。

「やっぱり話してるとやりたくなるわね」

二人に続いて、スッとセツナも立ち上がった。

「そういえばここ、出来るのか」

「あっちに……」

扉を指しながら移動するセツナについていく。

案内された先は……。

「とんでもないな……」

ゲーミング用品の展示コーナーかと思うほど整えられた設備が三台分、きっちり並べられていた。

全員がプレイしてもそこまで狭くない。配信機材もあるのにすごい部屋だ。

「セッちゃんちでやるの久しぶりっすねー」

「いつもありがとね、セツナ」

「んーん。で……」

二人に答えた後、俺の方に向き直ってこう言う。

「早速だけどコーチング、お願い出来る？」

「ああ」

　さっき言った通りメグの縛りがあるので数戦だけだが、三人でのプレイを見させてもらうことにした。

　ランク帯は上に合わせられるからプラチナ前後になるだろう。本番を想定するとここで負けるわけにはいかない相手だが……。

「勝ち負けより普段のプレイングを見られればいいから」

「わかりました！」

　アリサが元気よく返事をする。

　今回見たいのは三人の連携だ。

　特にメグがどのくらいついていけるかだな。

　各々使用武器を確認し合ったりしながら準備を進めて、俺もスマホから通話アプリにだけは参加する。

　オーダーは基本アリサが出すが、俺も口出しをしていく感じだ。

『よーし！　チャンピオンとっちゃいましょー！』

『頑張るわ』

『頑張るっすー！』

　試合が始まる。

まずは広いフィールドのどこに降りるかから。

人気スポットは武器が強い分人が多くなり、初動ファイト――物資が十分でない状態でのインファイトが発生する。

大会のときはこの辺りは調整しているようだったが、今日はもちろんそんな調整はない。

『ファイトは避けたいので人のいなそうなところで降りますね』

アリサはそう言うと、目ぼしい目的地を探していく。

その間もセツナはどこに誰が降りるか、おおよその人数をカウントしている様子だった。

『ここにします！』

ピンを指して降下が始まる。

意外だったのはメグも降下中、周囲の様子を見て報告をしていたところだ。

『大丈夫そうなんでウチはこっちから漁(あさ)ります』

『うん！　私はあっちに行くね』

『ここで合流しましょう』

連携は結構とれているというか、三人でやるのが初めてではないことがよくわかった。

ここからは落ちている武器や物資を拾いながら移動になる。

降りてしばらくすればフィールドは狭くなり、それに伴って周囲のプレイヤーも移動するのでファイトが増えていく。今回は相手が周囲におらず戦闘は発生しないので、この後の移動を見据えて物資を整えていくフェーズということになる。

他の地点では初動ファイトが起きたようで二十のチームのうち三はいなくなったらしく、残り十七。

本番を見据えると降りて武器を漁り切るまでのタイムは結構重要だ。

『うぐ……やっぱりお二人は早いですね……』

マップで味方の位置はわかる。

初心者と上級者の違いの一つに、この漁りのスピードが出てくる。

操作もそうだし、知識面で今何が必要か瞬時に見極めて進んでいくという部分で、やはりメグは経験不足な部分がありそうだ。

そしてそうなると……。

『えっ!?　もう敵!?』

メグが一瞬で半分以上体力を持っていかれる。

『大丈夫!?』

『すみません！　左から来ました！』

メグは左、と報告したが、すでに敵は展開してる。

まあ一戦目だし口出しせずに見守るか。

『すぐ行くね！』

『待ってアリサ！　まだ……』

『え……』

判断としてはアリサは間違っていない。

まだ半分しか削られていない味方。しかもアリサはカバー出来る位置関係に行っただけで敵との間に入ったりしたわけではない。

ただアリサの判断と行動が早すぎて、セツナはついていけず、おそらく今は敵の位置もわかっていない。

アリサの意識が逸れたことで敵は有利な位置からアリサを撃ち下ろせる。

『くっ……もうこんなところに!?　別パーティー!?』

『別パーティーならセッちゃんは逃げた方がいいですよね!?』

『そうだけど……』

逃げるにしてもセツナは中距離武器二つで、その武器に逃げるためのアビリティはついていない。

流石に詰みか……。放っておくと全滅コースなので口を出してみよう。

『別パじゃない。メグ、最初に撃たれた方向だけケアして回復。アリサはそのまま前に行けば相手は今一枚だ。行ってもいい』

『『わかりました！』』

『セツナ、アリサを撃った敵は二枚。アリサに絡ませないように牽制してくれ』

『うん』

状況がわからず混乱していただけで、一度敵の位置関係を把握すればアリサの動きは本当に早い。

片方が遠距離武器ということは近接戦には向いていないはずなのに、一瞬で距離を詰めて相手を倒しきった。

正直相手に引かせられれば御の字と思っていたからこれは驚いたな。

すぐにアリサのところにメグが合流し、遅れてセツナもやって来る。

こうなると相手の方が人数は不利だが、仲間の回収を含めまだ諦めはしないだろう。

『アリサ、ここからは自分で』

『はい！　メグ、アビリティ使って』

『わかったっす！』

メグの武器は扱いやすい近距離系のショットガンが一つと、比較的どの距離でも戦える中距離武器が一つ。

このショットガンにはアビリティとして、味方のスピードを一定時間上げる効果がついている。

非常に強力だが自分にはバフがかからないので通常時は使用率が低い武器だ。パーティーならではだろう。

『詰めるから援護お願い！　メグ、行くよ！』

『えーと……！　おっけーっす！』

アビリティ使用、回復、敵の位置の把握、そして移動。

メグにとっては結構大変そうだが、アリサにまっすぐついていくだけなら大丈夫そうだ。

『いた！　左にグレ投げるから右から行くよ！』

『右っすね！』

グレネードで敵の退路を絞って攻める。

敵は二人、こちらもアリサとメグの二人で、セツナは少し離れた場所から狙いを定めていた。

ダダダダッとアリサの銃が火を噴く。

相手の体力は七割ほど一気に削れていた。

『エイムいいな』

『えへへ。でも、ワンマガで倒せなかった……っ！』

負けず嫌いというかなんというか……。

体力を削られた相手は回復のために下がるが……。

『流石にこの距離ならウチも外さないっす！』

メグがすかさずショットガンを撃ちこむ。

これであと一人だが……。

『逃がさない……』

セツナの武器で足止めを食らい、気づけば敵に接近していたアリサによって制圧された。

『やったー！』

『ほら、すぐ移動だ』

『うっ、そうでした。もう次の安地が……あれ？　結構近い？』

そう、近い。

ということは……。

『銃の音を聞いて集まってくる。一回安地外に逃げるのも手』

『でも安地外移動って回復しながら最悪戦いますよね……』

メグの心配をしているんだろう。

実際今のメグが巻き込まれたら多分まともに動けずに安地外ダメージで死ぬだろうな。

『よし！　安地の中心に向かって移動します！　後で戻るかもですが』

アリサが指示を出して二人がそれについていく。

そんな感じで進めていき……。

◇

『うあー！　くやしー！』

『もうちょっとだった……』

『すみませんっす……やっぱついていけなくて……』

『メグは気にしないで！　私がもうちょっと当ててれば……』

結果は五位。

まあまあ健闘したが、最後は正面からのファイトで力負けした。

というより、敗因は割とはっきりしているんだが……。

『アリサの動きが早いな』

『うぅ……すみません』

『いや、悪いわけじゃない。本来はアリサの動きに二人がついてくるのが理想だけど、今は難しそうなだけだ』

『うぐ……ウチが大分足をひっぱりますね……』

『それも仕方ない。どのチームも同じような話になるしな』

チームポイントが決められている都合上、全員が同じレベルというのは難しい。というか、全員が同じレベルだとおそらく本番は一人のアルカナやレジェンドクラスに蹂躙(じゅうりん)されるだろう。

『じゃあ、どうすればいい？』

セツナが問いかけてくる。

答えは何パターンかあるんだが……。

『んー……まずはメグのレベルを底上げして、その中でアリサとセツナが出来ることを増やしていく。チームとしての選択肢を広げたい』

『練習あるのみ……』

セツナの言う通りだ。だがその言葉も嫌そうではなく、どこか火がついたような目をしていた。

『レンさんレンさん！』

『ん？』

ヘッドセットを外してアリサが振り返る。

「一回私の代わりに入ってみてくれませんか！　司令塔がレンさんならどうなるか見てみたいです！」

「あー……」

「それ、面白そう。私も代わって欲しい」

「ウチも見たいですが……流石にウチと代わるとパーティーが強すぎて参考にならない気

もするっすね……」

セツナもメグも見てみたい気持ちはあるってことだな。

「じゃあメグからやるか」

「ウチっすか⁉」

「ＰＡＤでやる。武器もメグが使ってたものに絞る」

「ある程度ウチが目指すところがわかるってことっすね」

「そんな大げさなもんじゃないけど、参考になればいいかなって」

こちらとしてもいきなりアリサの代わりというのはハードルが高いという話もあるしな……。

三人で比べてもわかるが、やっぱりアリサのゲームセンスだけずば抜けている部分がある。

セツナが下手なわけでもないし、メグにセンスがないわけでもない。

ただただアリサのゲームセンスがとんでもないだけだ。

だが、アリサが目指したプロの世界は、そんなずば抜けたセンスに当たり前のように努力を積み重ねてきた人間の集まり。

俺も言ってしまえばそこに壁を感じた人間だ。

まあ今はそれはいいだろう。

「ひとまずメグから順番に代わっていくから、プレイスタイルもある程度合わせる」

「お願いしますっ！」

◇

「三連チャンピオン……」

「すごすぎです……」

「いや、まあ運の要素もあったから……」

三人と入れ替わっての三連戦。

それぞれ選択肢を広げるきっかけは作れたと思う。

あとは本番までに誰がどれだけ化けるか、そして……どんな相手が来るか次第だ。

「あんな動き方……ウチできるっすかね……」

「あれを目指せとは言わないよ。とりあえず味方の位置関係だけ意識して動いていればいいから」

「うぅ……頑張るっす」

メグは一番伸びしろがあるとも言える。

本人が嫌がらないのなら本当に放課後に指導することも視野に入れられると考えると、

結構楽しみな存在だ。

「私が一番、参考にならない気もする」

「まあ……セツナの武器と立ち位置だと正直、なぁ……」

アリサが司令塔として下がった位置にいて、メグはついていくのに精一杯、となると、セツナは自動的に遊撃として立ち回るアタッカーになる。

アタッカーの役割は火力を出すこと、ここはもろにプレイヤースキルが出るからな。

「セツナはアリサのサポートが出来るといいから、俺のプレイを参考にするとしたらアリサに口出してた部分じゃないかな」

「そうね……頑張るわ」

普段はセツナの方が冷静にオーダーを出すタイプなんだと思う。

アリサがアタッカーを出来ればという気持ちもあるんだが……アリサがアタッカーになると最悪パーティーがバラバラになるくらいアリサが動きすぎるからな……。

どっちにしても、もう少し練度が上がらないとだろう。

さて……。

「アリサ」

「はいっ！」

「司令塔なのに好戦的すぎるかもな……結果勝ってるからいいんだけど……」

「うぅ……でも、本番じゃ力押し出来ないですもんね……」

そう、そこが問題だろう。

「参加者同士はもう誰が出るかわかってたりするのか？」

「えっと……参加者用の連絡グループがあるので、そこに加わった人たちでおおよそは」

「そんなのあるのか」

「はい！　もう来週には参加者発表ですし」

「おお……」

もうそんなスケジュールか。

参加者発表を終えればあとは一ヶ月ほどで本番を迎える。

あまり時間はないな。

「現時点で、上位のチームはどこになりそうなんだ？」

「前回のトップテン入りしたリーダーはみんな参加する。チームメンバーは変わるけど、慣れてる人たちは強い」

「それはそうか……」

セツナが過去の大会の動画を開いてくれたのでセツナの画面の周りに集まる。

「レンさん！　前に来て見ましょう！」

「いや……狭いだろ」

一つのモニターに集まりすぎだ。

俺が入ったらほとんど密着する……と思ってたら……。

「何遠慮してんすかー！　ウチと先輩の仲ですし、くっつくくらいなんてことないっす！」

メグが俺の腕を摑む……というか抱きしめて強引に隣へ連れていかれた。

「おい……」

「む……レンさん、私の隣の方がその……いいと思います」

「そんなことないっすよ。ウチの方が気を使わなくていいっすよね？」

「いえ、多分私の方が柔らかいです！　ほら！」

ムニッとアリサがわざわざ俺の後ろに来て抱きついてくる。

変な対抗意識を燃やさないで欲しい……。

「私は柔らかくはないけど、一番静か」

「セツナの隣がいいな」

「「そんなー！」」

そもそもセツナを中心に集まっているんだからどうあれセツナが近くには来るんだけど……。

結局そんな訳のわからないやりとりを経て、要注意チームの特徴なんかを整理したりしているうちにその日は解散になったのだった。

■第6話　チーム発表

「これは……」

チーム発表日。

大会を主催するのもＶＴｕｂｅｒということで、主催のチャンネルに順番にチームリーダーが入り、チームメンバーを発表していく。

のだが……。

『今回の解説は超豪華です。なんと！　世界ナンバーワンプレイヤーと日本で一番注目されてるプレイヤーに来てもらってますからね！』

興奮気味に主催の四谷(よつや)アキが画面の向こうで喋っている。

男性ＶＴｕｂｅｒとしては企業勢を除けばおそらくトップの知名度を誇り、本人のゲームセンスも高くランクも最高位のアルカナ。

またプロデュース能力に長け、自ら事務所を設立して企画を実行するトップＶＴｕｂｅｒだ。

そしてそのアキをして興奮に値するゲストが……。

『Ｈｅｌｌｏ。日本の皆さん、こんにちは』

少しイントネーションは独特ながらも流暢な日本語で挨拶をしたのは、誰もが認めるサミクロナンバーワンプレイヤー、ｓｅｎｏｕ。

俺の現役時代から揺るがない、世界最強のプレイヤーだ。

『驚いたっしょ!? 僕もオファーしてたけどまさか引き受けてくれると思ってなかったよ！』

アキの言う通りだ。

コメント欄も興奮気味なものが目立つ。

——ｓｅｎｏｕ。

ストリーマーとして全世界にそのプレイを配信し、大会で常に最高の結果を残し続ける。言わずと知れた伝説のプレイヤーであり、彼がサミクロをここまでメジャーにしたと言っても過言ではないだろう。

そして彼は、当時の俺を知っている。

いや……。

「俺の恩人……だな」

仇で返すとまで言わずとも、サミクロから離れた今となってはそうと言われても何も言えない。

まだ子どもだった俺に目をかけ、今以上に慣れない日本語で何度か指導してくれたのがｓｅｎｏｕだった。

辞めるときにも気にかけてくれていたが、今となっては遠い存在だ。

「いつかちゃんと謝らないとな……」

そんなことを考えていると配信はもう一人のゲストにスポットが当てられていた。

『もう一人もすごいよ！　今日本で一番注目されてるプロって言っていいと思うんだけど……』

『それは言い過ぎだと思うけど……』

その声は俺も知っていた。

『いやいや！　最年少でプロ入りして、同世代ならもはや敵なしじゃない！　天才女性プロでしょ！　紹介します！　ＲＩＯ（リオ）プロ！』

ＲＩＯ。

同世代では男女問わず最強。

国内だけでなく、すでに海外の強豪とのマッチアップも制しており、鳴り物入りでプロデビューを果たした国内最年少プロだ。

『いやー。ｓｅｎｏｕさんもやばいけどＲＩＯさんも来てもらえると思ってなかったよ』

アキの声も弾む。

ｓｅｎｏｕがプレイヤー間の世界的なスターなのに対し、ＲＩＯはゲームプレイヤー以外にも伝わる国内のスターだ。

最年少プロ入りはニュースでも取り上げられ、本人のルックスと相まって人気はかなり高い。

ＣＭに出たりモデルをやったりとタレント活動もこなす選手だ。

「……あれ？　通話だ」

配信を見ていたいからどうするか迷ったが、発信相手を見てすぐ通話を受けた。

『あ、もしもし！　レンさん！　見てますか？』

『ああ』

『すごくないですか⁉　ｓｅｎｏｕにＲＩＯってビッグニュースですよね！　トレンドにも入りましたよ！』

通話の主はアリサだった。

『大会に注目が集まるのは追い風か』

『はい！　あ、参加者発表ですよー！　セツナ頑張れー』

アリサがかけてこれたのはチームリーダーだけが呼ばれるという仕組みのおかげだ。

そのまま二人で配信を見守る。

『セツナの出番が終わったらみんなで通話繋いで見ようって言ってたんですよ！』

『そうなのか。出番早いのか？』

『はい！』

そんな会話をしている間にも、もう二つのチームが紹介を終えていた。今紹介されているチームは風月ねむ、恵美須むぎ、まどろみ姉さん……か。

アリサたちしか見ていないと個人勢と企業勢の壁があるのかと思っていたが、個人勢とグループ所属の人がチームを組んだり、別の企業同士で組んだりもあるらしい。

チームメンバーが呼ばれても俺はそこまでＶＴｕｂｅｒに詳しくないのでわからないが、チームの組み方の幅が広いということはそれだけ大会にも気合いを入れて参加してきているのだろう。

あと、コーチはほとんど有名なプロやストリーマーだということはわかった。

つまり……。

『俺、悪目立ちだろこれ』

『そんなことないですよ！　ｒｅｅｅｎの名前でどれだけ盛り上がるか楽しみです！』

配信にはコメントもつけられており、アキとチームリーダーの会話に解説の二人がちょっと反応を見せたり、コメントを拾ったりで進行している。

今のところファンが反応していたり、まだ解説の二人についてのコメントが多く見られるくらいだ。

そしてここで……。

『四チーム目のリーダーはこの人！　雪道セツナさん！』

『どうも』

配信画面にセツナが登場し、話が始まった。

『どうもー。セッちゃんはもう三回目だもんね。今回はいつもより気合いが入ってるってことだったけど自信の程は⁉』

『ある。いいメンバーになったと思う』

『おー、いいねいいね。じゃあさっそくチームメンバーは……こちら！』

画面に三人のアイコンが表示される。

セツナ、メグ、アリサだ。

『どうやらこのアリサさんを、セッちゃんが頑張って口説いたってことだけど……強いの？』

『アキより強い』

『うそん。ポイントオーバーするじゃん⁉』

笑って流すアキ。

ただ今のセツナの声……。

『あれ、セツナは本気で言ってるな』

『えええええ。四谷アキさんってアルカナランクですよ⁉　無理に決まってるじゃないですか』

『まあアリサのランクは詐欺だからな……』

アルカナレベルかはともかく、少なくともレジェンドレベルはある。

ここまでのチーム発表は三チーム。レジェンド到達者は九人いて一人だけだ。

配信に意識を戻す。

『まあまあアリサさんの実力は今後の試合で見られるということで楽しみにしておくとして、このチームはもう一個、とんでもないの持ってきたからね。セッちゃん、発表しちゃって！』

促されたセツナが俺の名前を口にした。

『コーチに、ｒｅｅｅｎを呼んだ』

『聞きましたか⁉　あの伝説のプレイヤーですよ。知らない人のために言うともう七年前かな……まだサミクロが始まったばかりの頃のレジェンドプレイヤーですね』

アキの言葉にコメントが騒ぎ出す。

それと連動するようにアリサも騒ぎ始めた。

『ほらほら、レンさんのことみんな知ってますよ！』

『いや、誰それってコメントの方が目立つぞ』

『そんなことないですよー！　ほら！』

そんな言い合いをしている間にアキが配信画面に動画を映し始める。

『このクリップ見たことある人も多いんじゃないかな？　一人で三パーティー壊滅させてる無双クリップ』

アキが言った通り、そこにはチームメンバーが全員やられた後、三×三の九人相手に全員倒し切る動画が流されていた。

『これ！　凄いですよね。ｒｅｅｅｎステップで敵を寄せ付けず、圧倒的エイム力で敵を粉砕！』

アリサもテンションが上がり、コメント欄も盛り上がりを見せていた。

『ほらほら、みんなやば……って言ってますよ！』

アリサが興奮気味に語る。

『たまただけどな』

『たまたまでもこんなこと普通出来ないんですって！』

そうこうしている間にも配信は進む。

『ｒｅｅｅｎといえばこのクリップのほかにもｒｅｅｅｎステップだったり今のプロも使ってる技術を開発した人って言うのかな……とにかくすごかったんだけど、七年前の活躍以降全く姿を見せてなかったんだよね。どっから捕まえてきたの⁉』

『秘密……と言いたいけど、連れてきたのはアリサ』

『うおお。ここでアリサさん出てくるのか。じゃあ今回大注目だねえ。アリサさんとｒｅｅｎコーチの活躍』

『楽しみにしてて』

そんなやり取りを経て、セツナの出番は終わる。

『プレッシャーが……』

『あはは。大丈夫ですって！　あ、セツナから連絡来ました』

アリサは気楽に言うが俺は気が気じゃなかった。

『次のチームは……おー、シンガー活動がメインのチームですね！』

神月都……という名前が聞こえてきて、歌声が響いたおかげでようやく放心状態から解放された。

どうも紹介を兼ねて歌動画を流してくれたらしい。いい声だった。

『じゃあレンさん、みんなもいるグループでかけ直しますね』

『ああ』

そう言って通話を切ってグループに目を向けると、すぐにアリサがかけてきた。

そして……。

『次のゲストも大物ですよー！』

俺たちのチームの発表からすぐ、アキはそう言って次のチームの紹介に入ったんだが……。

「これは……」

通話の切り替えタイミングに発表されたチームメンバーは、俺たちの話題を一気に払拭するとんでもないメンバーだった。

■第7話　企業勢

『えええええ』

案の定、通話に入った途端アリサが叫んでいた。

『これ知ってたの⁉　セツナ！』

『知ってたら言ってる……』

『えっと、すごいのはわかるんすけど、強いんですか？』

参戦が発表されたのは星屑(ほしくず)キララというＶＴｕｂｅｒだ。

業界最大手、アンリアルに所属するＶＴｕｂｅｒ。登録者数は百三十万人であり、ＶＴｕｂｅｒ登録者の世界ランキングでもトップテンに入る人気を誇るアイドルだ。

そして……。

『強いわよ。ソロでレジェンドを達成してるわ』

『うわ……あれでも、レジェンドくらいなら？』

『ソロとパーティーは別ゲーだからな……。しかもアンリアルって別にゲームのための企業でもないから、かなり限られた時間で駆け上がってる』

俺から補足する。

『え……先輩が注目してたくらいの相手ってことっすか』

まあ、言ってしまえばそういうことになるかもしれない。

VTuber全体のレベル感を確かめたくて動画を漁ったときに明らかに頭一つ抜けた実力を持っていたのがこの星屑キララだ。

出てこないと思ってたけどな。

『アンリアルは元々レジェンドクラスがキララの他に二人いて、片方は別のチームからだけど、このチームのリーダーもレジェンドの実力がある』

『厄介なのはレジェンドクラスってだけで、達成はしてないことだな』

『ポイント的に大分グレーじゃないっすか？　それ』

『まあそうなんだけど……しかももう一人も結構まずいな』

『え、まだそういうのがあるんすか⁉』

リーダーとキララだけでポイントはかつかつなので、もう一人は初心者になるんだが……。

『空色カスミって、別のFPSで最高ランクまで行ってるからな……』

『ええええ。ずるじゃないっすか！』

まあずるかもしれないレベルだ。

『サミクロで言えばアルカナじゃなくレジェンドに当たるところまでだけど、十分脅威』

『リーダーも強いというか……レジェンドレベルってだけじゃなく、なんというか……大会慣れしてましたよね』

チームリーダーは暗目ユイ。ゲーマータイプでアンリアルには珍しいほど外部とのコラボが多い。

アンリアル所属ＶＴｕｂｅｒはファンも多く、アイドル的な扱いを受けることが多いので基本的に男性とのコラボは少なくなるのだ。そういう意味でユイは少し特殊な立ち位置であり、ＶＴＣにもずっと参加するベテランだ。

ＶＴＣ以外のカスタム戦にもよく顔を出していて、大会経験が豊富だ。

そしてその経験は、勝敗に大きく影響する。

『うわ……コメントすごい……アンリアルのドリームチームって言われてるじゃないっすか』

『まあ、応援の声の方が大きいよな』

それだけのファンがいるのだ。

キララが少し抜けているとはいえ、三人ともが百万人前後の登録者を誇るＶＴｕｂｅｒの代表格。

これまではゲームの大会はある意味、男性とコラボしてもファンから怒られないタイプしか出られなかったが、今回は状況が異なる。

三人ともアンリアル所属ならその問題はないし、もう一つの問題もあり得ない方法で突破してきたのだ。

『ええ!?　コーチなしで行くんだ!?』

『そうそう。個別に付けることはあるけど、チームコーチはなしで行く』

『じゃあリーダーのユイさんは大分プレッシャーじゃないっすか?』

『大丈夫。キララがいるから』

『確かにプレイ動画見たけどあれはやばいからねぇ……アルカナランクでも上位じゃない?　あのフィジカル』

配信でもこんな会話が出るくらいにはキララへの注目度は高い。

実際アルカナランクでプレイするアキの言葉にコメント欄のファンも誇らしげだ。

『大会慣れしたリーダー、アルカナクラスのフィジカル、初心者と言いつつＦＰＳの達人……これ、アンリアルで揃えてこなくても大注目のチームじゃないっすか』

『その通りだな』

むしろ寄せ集めで作ってたら叩かれてもおかしくない強さだ。

コーチがいないのはアイドル売りの都合上の問題もあるだろうが、ここにコーチまで付けたら勝負にならないから、という話すらあるだろう。

呼ぼうと思えばＲＩＯなら女性プロだし、問題はなかったはずだ。

『優勝候補は間違いなくここになった』

セツナが言う。

確かにその言葉通り、その後のチーム紹介を終えてもなお、アンリアルのチームに対するコメントで配信は埋め尽くされていた。

しかも星屑キララの参戦はこれが最初で最後と明言している。

俺が出ないだろうと考えた理由はアイドル売りの都合上というのもあるが、キララがこういった大会に全く出る気がなかったからというのが大きい。

一度きりと言われれば納得するような、そんな配信者だった。

◇

『いやー、二十チーム紹介し終えましたが、どんな印象です？』

『僕は一人、気になる相手がいるかな』

『ｓｅｎｏｕが気になるってすごいんじゃない⁉　だれだれ』

『それは始まったらみんなわかると思うよ』

『えー。じゃあＲＩＯさんはどうかな？』

『私も特に気になる相手が一人いるわね』

『ＲＩＯさんも!?　で、お相手は……』

『内緒です』

『くぅー、気になるねぇ』

解説二人の発言を受け、コメント欄はさらに盛り上がりを見せている。

この状況だ。二人が気にする相手は十中八九、星屑キララだということで、プロから勧誘を受けるのではなどと騒がれ始める。

まあなんにせよ、星屑キララの参戦は三人にとって大きな意味を持った。

元々知名度を上げるために参加しているはずだ。それがいきなり話題をすべてさらわれた形。もちろん最初から、参加表明だけで目立てるとは思ってなかったと思うが……。

『正直アリサはもう少し、インパクトを残せると思ってた』

『私もレンさんならって思ってたんですが……』

『全部持っていかれたな』

それだけアンリアルという企業が大きいのだ。

たまに動画を見る程度ならむしろ、アンリアルのおかげでＶＴｕｂｅｒの文化がここまで広がったとも言えるほど大きな存在だったが、敵として立ちはだかればこれだけ脅威なのかと思い知らされる。

『でもこれってチャンスっすよね?』

『チャンス?』

『はい。キララちゃんに注目が集まるってことは、そことマッチアップしていれば必然的に注目されるっす』

『それは……』

そうなんだが……。

『今の状態でマッチアップしたら記憶に残らない状態で瞬殺されるぞ』

『えええ!? そこまでなんすか!?』

ゲームに慣れていないメグは驚くが、セツナとアリサから否定の声が上がらないのが答えだった。

ただそこでうつむくだけの人間はここにはいない。

『沢山練習しないとだね!』

『そうね。アンリアルチームはずっとサミクロをやってられないでしょうし』

『ウチもめっちゃ練習するっす。もうランク上げちゃってもいいんですもんね!?』

『ええ。エントリーを終えたらむしろ、ここからランクを上げるのも注目を集めるためのセオリー』

そう。

そういう意味でメグは伸びしろが大きいし、アリサはここからレジェンドランクまでは上げておくだけでインパクトは残せるだろう。

とはいえそれも、アンリアルチームにも伸びしろの塊がいるのでどこまで目立てるかは未知数だ。下手したら空色カスミはレジェンドまで上げてもおかしくないし、そうなったらアンリアルチームは三人がレジェンド……。

『どうやって勝たせるか……』

いやそもそも、どの程度差があるかを確かめたい。

そんなことを考えていると……。

『あ、配信の反響が大きかったから今からカスタム戦やらないかって』

『え！　出来るんですか!?』

『カスタムってのがあれっすよね、本番環境みたいな……』

通常のマッチングと異なり、主催者がメンバーを集めて行う試合をカスタムマッチと呼ぶ。

大会はそのシステムで成り立っており、当日までの練習でもこのカスタムで試合は行われる。

『アンリアルチームも、出る』

『ならやった方がいいな。みんな予定は？』

『大丈夫っす』

『私も、やりたいです』

『こんなの、予定があってもこっちを選ぶ』

三人ともやる気だ。

『ちょうどよかったし、出来るだけアンリアルチームと戦闘しておきたいな』

おそらくそれは他のチームもだろうけど……。

とにかく少し準備の時間を経て、突発のカスタム戦が始まることになったのだった。

■第8話　初めての戦闘

『セツナ！　そっちに！』

『わかってるけど……ごめん、負けた』

『え、え、ウチの方っすか!?　あっ……』

カスタム戦は見事なまでにボロボロだった。

大会ルールにのっとりスタート地点はチームごとに決められた場所に降りるため、初動ファイトは発生しない。

そして大会はキルを取るよりも生存することが重要だ。

結果的に序盤中盤はいかに物資を貯め込みながらスムーズに移動できるかが問われ、後半に集中的に戦闘が発生することになるんだが……。

『こんな敵多い中どうやって動けばいいんすかー！　桜神くおんさんめちゃくちゃ強いし！』

メグの言う通り、フィールドが狭くなっていく後半戦で敵がいつもの倍以上残っているというのはもはや別ゲーなのだ。

やり込みや経験がないとパーティーは崩壊するし、個人の動きも悪くなる。

『アンリアルのチームも、今は同じことになってるみたいだけど……』

三戦を終え、上位チームは過去の大会でも実績のある常連たちばかりになっていた。

『今回のチャンピオンチームは……來宮零、天翔ゆゐ、八重代癒夢……さん。さっきも上位でしたよね？』

『経験値の差だな』

うちのチームはもちろん、注目カードのキララが所属するアンリアルチームも同じような状況に陥っている。

リーダーの暗目ユイに経験があっても、まだ肌で実感していない他の二人が問題だ。ましてや空色カスミはゲームに慣れる前ということもある。

とはいえこれはそのうち解消されるし、解消されたときにどうなるかの片鱗もすでに見え始めていた。

『三戦とも中盤にやられてるのに、個人キル数はキララさんがトップなんですが……』

『とんでもないよな……』

三戦で十四キル。

一試合あたりほぼ五キルを取り続けていることになる。

中継されている試合を見ていて改めてわかったが、キララはとにかくエイムが圧倒的に良い。

被弾してから撃ち返しても勝ち切ってしまうほどだ。

もちろん参加メンバーの実力にバラつきがある、というのもあるが、キララに攻撃するというのは自分の場所を明かすというデメリットにすらなり得るほどの破壊力を持っていた。

『ウチは見つけても撃てないっすよ、あんなの……』

『そうね……』

メグとセツナはそんな感じだ。

そしてアリサも、現状だと……。

『悔しいですが、私が勝負しても相手にならないですね……』

相手にならない、は言い過ぎかもしれない。ただ、勝てるビジョンはないだろう。

キララに対してアリサがメインでぶつかって、セツナが援護出来れば勝ち切れる可能性はある。

だがそれにはキララチームの他の二人を引き離す必要があり、そこまでの作戦を取れるほどチームの練度が高くないわけだ。

これはどのチームも共通していて、今のところキララのチームと衝突したらエースがぶつかるか逃げるかしかない状況にある。

後半、フィールドが狭まる中で乱戦になればキララとて何かで倒れるし、キララさえ倒せば今のアンリアルチームは何とかなるので順位は伸び切らない、というのが現状だった。

『レジェンドランクで上位にいるような参加者でも、キララさん相手だと撃ち負けてますよね……』

『うん……思ったより強い……』

セツナの感想の通りだった。

というかこれ……。

『プロ相手でもいい勝負しそうだな……』

コメント欄でもそんな言葉が溢れており、おそらく主催のアキがそれを見たのだろう。

『次の試合はコーチが参戦してよくなったけど、どうする？』

セツナがそんなことを言い出した。

『先輩！　ウチの代わりに暴れてくるっす！』

『いや……カスタム戦は貴重な機会だから外れるなら経験のあるセツナだ』

『そう思う』

とはいえいきなり入っても……だな。

『一戦は様子が見たい。あと公式のチャンネルを切るから今回は俺もオーダーに口出す。

一回それでやってみよう』

『わかった』

『うぅ……やるしかないっすね』

『頑張ります』

四戦目はそんな感じで始めようと思ったんだが……。

『ちょっと待って。やっぱりレンが出た方がいいかも』

『え？』

『最初はコーチも本気で行っていいから気を付けてってアナウンスされた』

公式からコーチ参加に対しての制約はないが、通常武器を固定したり、あるいは武器すら持たずにといったハンデを背負っての参戦が普通だ。

だが今回はその暗黙のルールを撤廃するというのだ。

『あー……』

キララとの対面を視聴者が望んでいるってことだな……。

その選択は間違いじゃないだろう。

『いいの？　レンがやらなくて』

『……やる』

『これ、カスタム戦というよりコーチエキシビションっすよね、もう』

『そうなるだろうな……』

『じゃあやっぱウチと代わった方がいいんじゃないっすか？　今のウチじゃ、ついていくことすら出来なくなると思うっす』

相手は現役のプロたち。

チームの全員がプロではない以上、ムーブ自体は少し落ち着くとは思うが……。

『他のチームも未経験者と代わるみたい』

『じゃあ……そうするか。メグ、悪いけど』

『大丈夫っす！　公式から全体を見るのもやりたかったんで』

メグの声を聞きながら準備をする。

セツナから送られたコードを入力し、カスタムマッチに入ると……。

「ほんとにメンバーが……」

さっきまでのＶＴｕｂｅｒの練習戦とはメンバーが様変わりしている。

世界大会で名前を見るレベルの強豪まで名を連ねているのだ。とんでもない。

「とはいえキララなら半分くらい倒しそうだな……」

プロの力が発揮されるとしても、立ち回り部分はチームメンバー全員が呼応できない以上限界がある。

だとしたら今回見られるプロとしての力はフィジカルだろう。

対面の撃ち合い能力、エイムとキャラコン。

その点に限って言えば、キララはプロと十分渡り合える強さだ。

『準備出来ました？』

『ああ、お待たせ』

キララチーム以外はコーチが参戦し、十九人がコーチ枠ということになったが……。

『こうして見ると俺だけ場違いなような……』

『そんなことないですよ！　ほら、行きましょー！』

あっという間に試合開始になる。

落下地点では敵と遭遇しないのでその部分はいいんだが……。

『アリサ、セツナ、いつもより早く出るぞ』

『え、どうしてですか。敵いないしじっくり――』

『最終的にこの漁り（あさ）はこのくらいの時間で終わらせたいし、多分今回、コーチが入ってどのチームも早くなる』

『え、レンさんの降りたところからここまで全部、アイテムボックス開けてきたんですか!?　もう!?』

『ああ』

何が必要で必要じゃないか、どこにどれだけアイテムが落ちているか。

この辺は知識ゲーだから、俺より普段から競技でやってるプロたちの方が早いはずだ。

『すぐ敵が来るぞ』

『え……ほんとだ。こんなに早く⁉』

近づいては来ていたがこちらが逃げる動きを見せれば相手も追いかけては来ない。

お互いこんな最序盤で落ちたくはないわけだ。

とはいえ……。

『キララチームは敵見つけたら襲い掛かってるみたいだな』

『やっぱりそうですよね⁉　ってことは早く行かないとプロにやられちゃうんじゃ』

『いや……』

序盤戦で仕掛けられたらプロでも苦戦するだろう。

すぐに最初のキルログが流れる。

和崎あこ……。さっきの試合じゃ結構活躍していたのに今回はやっぱり厳しいな。

倒したのはもちろん、星屑キララだ。

『うわ……コーチに勝ってる』

『あのチームのコーチは元プロで今は現役じゃなかったし、仕方ない』

セツナが淡々と言うがそれもおかしな話なのだ。元とはいえプロは十分な実力者なんだから。

『現役プロってどのくらいいるんでしたっけ』

『三人』

セツナが答える。

しかも三人のうち二人はチームメイトだったはずだ。今回、盛り上げる意味でも二人でマッチアップするように動く可能性は高い。

『私たちはスタートの都合上、最後まで当たれない』

『えー。じゃあレンさんの活躍が見られないんですか!?』

『いや……当たったら俺もきついぞ』

たった今元プロが撃破されたんだ。実力は間違いなく本物。

そうこうしているうちに戦わざるを得なかったであろうパーティーがじわじわキルログに名前を流していき、もう残りチームは十六になっていた。

『そろそろ次の安地に……』

『いや、その前にうちも一戦やらないといけないらしい』

アリサが移動しようとしたがもう戦わざるを得ない位置関係に敵がいた。

『セツナ、一緒に出るぞ』

『わかった』

『私は後ろから援護します！』

アリサはチームの指示出しをする都合上、全体が見えるようにスナイパー系武器を使って後ろに陣取ることが多い。

今回もその流れで、俺が前に出る。

『相手のチームのこと、わかるか?』

『余裕ないかも。でもＡＲｉＭＡ、ミディ、歌衣イツミのチーム。結構強い』

『わかった』

セツナに一応聞いたがこれは一応レベルだ。

すぐにセツナを追い越して敵の孤立した一人を狙いに行く。

『レンさん早っ!?』

キャラごとの移動スピードは変わらないが、キャラコンによって目的地への到達スピードは異なる。

壁裏にいた敵にまず奇襲をかけた。

『一枚やった!』

『ワンマガ!?　えっと……』

『建物に二枚、逃げるかもしれないけどここは追う』

流石アリサ。俺が指示した時にはもう、退路を塞ぐ位置に展開してくれていた。

これで戦わざるを得なくなった相手は俺たちの所にまずは消耗品の投擲(とうてき)武器、グレネードを投げ込んでくるが……。

『今のどうやって避けたんですか⁉』

『来るってわかってたら避けられる。それよりぶつかるぞ！』

こちらも建物にグレネードを投げ込んでから突入。

グレネードのおかげで多少時間は作れたが二人の敵のタゲが俺に集中する。

『ｒｅｅｎステップ！』

少し離れていたアリサが挟み込む形で建物に合流した。

『生で見たの初めてで感動します！』

そんなことを言いながらもすでにアリサは一人敵を仕留めていた。

後ろからセツナも追いついていて、俺を狙っていた敵の体力を半分ほど削っている。

そこまでいっていれば後は俺が撃って終わりだ。

『やったー』

『敵のアイテム漁ったらすぐ移動しよう』

元々移動しようとしていて敵とかち合ったのだ。比較的スムーズだったとしても時間は取られているし……。

『漁夫が来る前に急ご』

セツナが言う通り、このゲームの基本戦法は漁夫の利を取ること。

戦っている音を聞いてそこに駆け付け、消耗した相手を倒してポイントを稼ぐわけだ。

幸い今回は漁夫に来る敵は来ず、俺たちは倒した相手の物資を奪いつつ、次の安地に移動が出来たのだった。

◇

『一気に減ったな……』

俺たちが戦っているタイミングで各地で戦闘が起きたようで、最終局面に残っていたのは五チームだけになっていた。

キララのキルログはなかったのでどこかにいる。

現役プロも二人は残っているはずだ。

『ここまで来たの初めてですが……この局面で五チームって多くないですか？』

『普段なら多いけど、大会なら少ないかもしれないな……』

それぞれのチームが建物に入り合って、牽制を続けている。

後は最後の安地がどこに行くかがわかった瞬間、各チームが場所を取るために移動と戦闘を開始するわけだ。

ただ、そのセオリーにそぐわないチームがあった。

『前の建物！　どこか行くみたいですよ⁉』

『能動的に敵に向かったのであれば……相手はアンリアルのチームだ！』

前にいたのはプロチーム。

キララとの直接対決のために他のチームより先に動いたのだ。

『どうしますか⁉』

『俺たちは無理しないでいい。それに多分他のチームも見守るはず』

この直接対決を妨害するのはひんしゅくを買うだろう。

全員が配信活動をしており、しかも本番でもないという状況で、この直接対決を妨害したりはしないのだ。

『あっ、キララちゃんが被弾してる⁉』

『でもすぐ撃ち返して……ええ、五分以上に当たってない？』

プロが突っ込んでも撃ち負けるのか……。とんでもないな。

被弾したプロは一度引こうとしたが……。

『え、突っ込んだキララちゃん』

キララが回復をさせない勢いで飛び込んでいく。

当然蜂の巣にされそうになるが、先にプロチームの他の二人にもダメージを与え顔を出させない。さらにグレネードで退路を削って……。

『嘘……一瞬で勝ち切っちゃった……』

『しかも暗目ユイがその間に二人を削ってたな』

『結局三人とも無事で倒し切った……!?』

残ったチームは四、と思ったが、戦闘が終わった瞬間にプロがもう一チームに瞬時に詰め寄って三チーム。

これで残ったのは、うちとアンリアル、そして最後まで残ったプロのチームだ。

ちょうど次の安地も確定する。

『やった！　私たちのチームは円内です』

『いや、すぐ戦闘になるぞ』

アンリアルチームだけが円を外れ、俺たちとプロのチームが円内。

こうなるとアンリアルチームはどちらかを攻めないといけない。

『来る』

クソ……こっちか。

三つ巴になった場合、先に戦った方が不利なわけだ。

アンリアルチームは自分たちが不利なことは確定だが、どちらかのチームをその不利な状況に道連れにする権利を得たと言える。

普通に考えればプロチームを巻き込んだ方が確実だろうに……俺たちを選んだのは……。

『プロチームが漁夫に来るまでに片づけられると思われてるかもな』

『なっ⁉　流石に返り討ちにしたいですね』

『漁夫も常に警戒しておいてくれ。だからアリサはキララじゃなくプロの方を警戒な』

『私も戦いたいのにー』

そう嘆くアリサだがどうせ巻き込まれて戦いは起こる。

すでにアンリアルチームは俺たちのいる建物に接近し……。

『やっぱり先頭は、キララか！』

投げ込まれたグレネードの位置が絶妙過ぎて建物に入ってくるまでにダメージを与えられなかった。

こういう細かい部分が上手い。

『レンさん！』

『大丈夫、せっかくだから戦ってみたい！』

建物への侵入が早すぎて外でスナイパーを構えていたセツナは合流していない。

アリサは元々別パーティーを警戒しているのでここは数秒だけ、俺とキララの一騎打ちのステージになる。

グレネードを投げて相手の動きを制限。その間にキララの視界から一度姿を消す。

『ちゃんと引っかかってくれるのか』

単純な動きだが、遮蔽のどちらに逃げてどちらから顔を出すか、キララには選択肢が無数に見えているだろう。

俺の選択はＦＰＳの基本に忠実だ。

『上にいるやつが有利だろ⁉』

本当に一瞬だけ立ち尽くす形になったキララにマシンガンを撃ち込む。

すぐに気付いて撃ち返してくるが……。

『すごいなこれ……』

普通は上下の有利に加え撃ち始めは俺の方が早いのだから完全に撃ち勝てるシチュエーションだ。

だというのにキララの銃弾はきっちり俺を的に捉えていて、想定以上に体力を削られた。

『とはいえ全部喰らうわけにはいかないんだけどな』

相手は俺の武器を知らない。

もう一方はショットガン――オリオンだ。そしてこのショットガンにはシールドがついている。一瞬で壊れるが、その一瞬が今は必要だ。

三発。

ショットガンから射出した弾はきれいにキララを捉えるが……。

『そっちもかよ』

盾を出された瞬間すぐに遮蔽に下がる。

相手も同じオリオン、三発先に撃ち込んだこちらはリロードが必要だ。

『くっ……』

逃げた先にすでにグレネードが設置されている辺り流石だが……。

『これならどうだ』

グレネードをそのまま素通りして、遮蔽の反対から顔を出してキララを狙う。

少し虚を突けた形だったが……。

『ここまでか……』

建物の奥に人影が見えた。

あれがキララのチームでもそうじゃないとしても、このまま戦うのは得策ではなくなってしまう。

『レンさん！　もう一チームも動きました！　少し撃って足止めしたんですが、私も建物に──』

『セツナのフォローをしつつ、今いる場所を守っててくれ』

アリサが場所を作っていることも重要なのだ。キララとの戦闘は諦めてすぐにセツナのもとに向かう。

不完全燃焼な戦闘ではあったが……。

『久しぶりに楽しかったな』

フィジカルのぶつかり合い。意外とこのゲームはこういう一騎打ちは発生しないのだ。

そこからは漁夫に来たプロチームがしっかり消耗した俺たちを制圧し、三位という結果で練習戦を終えたのだった。

◇

『悔しぃー！』

あの後も二試合が組まれた。

もう俺は出ず、他のチームのコーチ陣も出たとしても武器種を限定するなどで調整していた。

つまり対戦相手はほとんど大会参加者なんだが……。

『レンさんのいた試合以外全部中盤までで負けました……』

『ウチがもっと強くならないと……』

『私ももっと、練習する……』

『まあ、初日だったしこんなもんだろう』

三人とも負けず嫌いでゲーム向きな性格が伝わってくる。

ここからどれだけ練習出来るかだろうな。

オーダーを出すアリサが大会のスピード感に慣れてなかったのも大きいし。

『普段のサミクロと同じテンポで行くと早死にするのはわかったと思うけど』

『十分わかりました……でも銃声したら漁夫らなきゃってのが染みついちゃってて……』

そう。

普段のランク戦ならそれでいいんだ。

だが大会では極力戦闘は避けることになる。

生存ポイントが一番大きく、キルポイントはおまけ。というのが本来の考え方だ。

『アンリアルチームはキルポだけで今日五位っすね……』

『個人キルはキララが圧倒的だしな』

最後までキララを一対一で倒し切る人物は現れなかった。

漁夫や巻き込まれで死ぬことはあっても、正面からぶつかってキララを倒せるプレイヤーは現状いないということだ。

『とんでもないっすねぇ』

『あれ？　じゃあレンさんが唯一キララに撃ち勝ったってこと？』

『勝ち切ってないから微妙だろ』

『いや、あの対面で先輩、というかｒｅｅｅｎの評価はものすごい上がってましたよ、コメント』

『そうなのか……』

メグの言葉を受けてアーカイブを確認する。

確かにちょっと盛り上がりは見せてるな……。

ただそのくらいならどうとでも、と思っていたんだが……。

『レン、SNSがちょっと大変かも』

『え……?』

セツナが送ってきた画像には、キララと俺の撃ち合いシーンのクリップが載せられていた。

世界ナンバーワンプレイヤーsenouのコメント、「welcome back legend」という文言とともに。

『これは……』

『うわ、すごいですよレンさん! もう一万件も拡散されてます』

『おいおい……』

SNSのほうでコメントを見に行くが、senouがそんなことを書いたせいで解説の時に言った「気になる相手」が俺ではないかなんて話まで上がり始めて少し荒れていた。

そりゃキララファンからしたらキララであって欲しいだろう。

いや俺も、そうであって欲しかった。

『senou……もしかして根に持ってるのか……？』

『その口ぶり、もしかして繋がってたんすか？』

『昔な。というか当時の俺はsenouにプレイを教えてもらってたんだよ。フィジカル頼り過ぎたからな』

『えええええ。そんなの聞いてないですよ⁉』

誰にも言ってなかったからな……。

『黙って消えたのを根に持って逃がさないようにしてる、かも？』

セツナの言ってる可能性が十分考えられるわけだ。

senouは割と、そういうところがある。イタズラ好きな子どもみたいなというか……。

『どのみちこれでreeenの注目度は増しますし、それはそのままウチらの注目度にもなるっすね』

『その分頑張らないと、期待値が上がっちゃってる』

『うぐ……確かに……』

メグとセツナに対して静かなアリサ。

『アリサ……？』

『え？　ああごめんなさい！　ちょっと考えちゃって……』

まあチームにかかる期待は実質そのままアリサにかかるからな。

プロを薙ぎ倒し続けた化け物である星屑キララ。

おそらく大会の中で正面切って勝つ気がある参加者はほとんどいないだろう。

その数少ない一人がアリサというわけだ。

『アリサだけがプレッシャーを感じることはないから』

『そもそもアリサは司令塔だろ。アタッカーになるキララを抑え込もうとしない方がいい』

『そうですよね！　わかりました……！』

その後一旦通話は解散となった。

だけど多分、全員サミクロに入っただろうな……。

■第9話　時の人

「よー。レン、見たかー？　ＶＴＣの発表」

教室に着いた途端、和夫に話しかけられてビクッとなる。

もちろん二人には言ってないからな、俺がｒｅｅｅｎだとは。

ただ話は合わせられる。

「見たぞ」

「やっぱ見てるよなー？　アンリアルのチームやばくね？」

そんな話をしているといつものメンバーである幹人もやってくる。

「俺はｓｅｎｏｕとＲＩＯに驚いたけどな」

「あれもすげえよなぁ」

良かった。幸い俺やアリサの話題にはならない……と油断していたんだが。

「なあなあ、ｒｅｅｅｎって知ってた？」

「いやー、でもあの切り抜きは見覚えあったんだよな」

「そうそう！　初めてあれがｒｅｅｅｎって知ったけど、やばくね？　あのキャラコン」

「エイムもやばかったよ。対面でキララに勝ってるのｒｅｅｅｎだけだったし、なんでプロじゃないいんだよあれ」

「だよなぁ」

話がまずい方向になった。

ここで振られたらきょどる自信がある。

すぐ話題を変えよう。

「ｒｅｅｎはともかく、やばかったのはキララじゃないか？　プロ相手に無双してたぞ」

「まあ確かに。あそこまで強いともう確実にＭＶＰだろあれ」

「優勝してＭＶＰ取って欲しいよなぁ。なかなか順位伸びてなかったけどあれは何でだ？」

良かった。話の方向がキララに寄っていく。

「ほかに気になったとこある？」

「俺はあそこが結構気になったけど、ほら……月森アリィのいるとこ」

「あー。星空マリンとぽても……だっけ？　この段階でチームワークいいのはやっぱ強いよなぁ」

そんな会話をしているうちに先生がやってきてホームルームが始まる。

そのまま普通の一日を過ごしていたんだが……。

◇

「せんぱーい。一緒にお弁当食べようっす」

昼休みに入ったばかりの出来事だった。

「なっ!?　メグ!?」

「あはは。来ちゃったっす」

「おい……」

当然教室中の注目が集まる。

「お前！　そういえば水島さんとの件、何も聞いてねえぞ!?」

「なんもないから心配すんな」

「そうっすよねぇ。先輩は他に本命がいますし」

「え？」

俺が初耳だ。

「まあまあ、とりあえず行くっすよ先輩。お弁当作ってきてあげましたから」

「はぁ!?　おいレン!?　水島さんがそこまでしてるのに本命が他にいるってどういうこと

だ!?」

「いや全く心当たりがない！」

「じゃあ水島さんと付き合ってるのか!?　俺たちを差し置いて！」

「めんどくさいな！」

和夫と幹人に絡まれながらも何とか教室を脱出する。

「ふふ。仲いいんすね、先輩たち」

俺を追いかけてきた二人は、メグのその笑顔にやられて気持ち悪い笑みを浮かべていた。

「じゃあすみません、今日は先輩お借りしますねー」

「「どうぞどうぞ」」

わかりやすくデレデレになった二人を置いて、俺たちはまた屋上に向かったのだった。

◇

「ほら先輩！　皆の憧れ！　女子の手作り弁当っすよ！」

「料理出来たのか、メグって」

実家暮らしだし子どもっぽいところがあるから意外だったが……。

「失礼っすね。いやまあこの弁当作ったのはウチじゃないっすけど」

「誰が作ったんだよ……」

「お母さんっす！　女子っすよ、一応」

「こいつ……」

ケラケラ笑いながら俺の反応を楽しむメグ。

「まあまあ、先輩がこの前昼はパンばっかりって言ったじゃないっすか？　セッちゃんもリサちも心配してたんで作ってもらったんすよ」

「それは……」

確かに毎日購買でパンを買うだけになってたけど……。

「ほら、ウチがあーんしてあげるっすよ」

「それは要らないけど……いいのか？」

「いいっす！　というかこれで先輩が食べなかったら無駄になるっすよ！　お母さん泣くっすね」

無茶苦茶なことを言うメグ。

まあ弁当はありがたいからもらうか……。

「じゃあ一応もらう」

「仕方ないっすねぇ」

弁当と箸を受け取る。

中身は……。

「おお……美味しそうだ」

「お母さんが作ったやつっすけどね」

中身はザ・お弁当と言えるくらい定番揃いだった。

卵焼き、唐揚げ、タコさんウインナー……。

どれも美味しそうで、ちょっと形が崩れてる卵焼きも愛嬌みたいなものだろう。

「いただきます」

「いただきまーす。先輩、ほんとにあーんは要らないんすか?」

「要らないって……」

「あー! じゃあ卵焼きから食べてくださいっす!」

「何でだよ……」

よくわからない指示を受けながら、まあ断る理由もないし従う。

「どうっすか!?」

「まだ口に入ってないだろ……」

改めて口に入れて味わうが……。

「普通に美味しい。さすがだな」

「えへへ。よーしじゃんじゃん食べちゃってください! なんならウチのも要りますか⁉」

「卵嫌いなのか⁉　いいから食べろ。時間なくなるぞ」

「しょうがないっすねぇ」

なぜか上機嫌なメグと弁当を食べ進める。

唐揚げもウインナーも、全部ちゃんと美味しかった。

「ごちそうさま」

「お粗末様でしたー！　ウチのより量多いのにあっさり食べ切っちゃうんすねー。やっぱ男子なんだなぁ」

「どんな感想だ……」

笑いながら弁当箱を片付けていると……。

「あ、洗って返そうとかしないでいいっすからね⁉」

「いや、悪いだろ……」

「いやいや、ウチが洗うんで安心してください！」

強引に俺から弁当箱を奪い取っていく。

「ありがと」

「いえいえー。それより先輩！　どれが一番美味しかったっすか？」

「ん？　んーどれも美味しかったけど……」

片付けながらメグが聞いてくる。

「実は、一個だけウチが作ったのがあったんすよ」

「なるほど……卵焼きは何か気持ちがこもってて美味しかったよ」

一つだけ慣れない形の崩れ方をしていたからな……。

「――っ！　……何かきもいっす」

「おい……」

目を合わせずにメグが言う。

耳が赤いあたり、照れ隠しなんだろうけど。

「あーもう！　でもとにかく！　ウチが教室行って良かったっすよね？」

「何でだよ」

「えー？　先輩気づかなかったんすか！　ウチが行った意味！」

意味……。

そう言われて考えると……。

「もしかして、話題を逸らすためにわざわざ来たのか？」

「そうっすよ。ＶＴＣの話題、意外とクラス中が騒いでましたし、昼休みずっと教室にいたらそういう話にもなるかなって」

「なるほど……」

すごいな、メグは。

「それを朝から考えてわざわざ弁当作ったのか」

「ふふーん。どうっすか？　賢くて可愛い後輩は」

「ありがたいよ」

頭をこちらに傾けてくるので適当に撫でておく。

満足そうに目を細めているのが何というか……猫みたいだな。

「と、いうわけで！　ウチが助けるのは今日までっすからね！　あとは頑張るんすよ！」

「何目線なんだそれは……」

「あはは！」

楽しそうに弁当箱を持って立ち上がるメグ。

「じゃ、ウチも頑張るんで応援しててくださいっす！」

そう言って屋上を飛び出して行った。

「頑張る、か……」

ゲームに対するセリフではないかもしれないが、あの目は本気だ。

ｅ－ｓｐｏｒｔｓと呼ばれるようになってしばらく経つが、あの目にさせてくれる競技性に改めて何か、気持ちが入ったのを自分で感じ取れたのだった。

■第10話　意外な誘い

あれから二週間以上経った。

なんだかんだ言っても人気の三人だ。通常の配信も挟みながらそれなりに忙しく過ごしている様子だった。

ただサミクロ熱はとんでもないもので、毎日配信内外を問わず打ち込んでいる。

それにカスタム戦も定期的に開かれていて、そこでもサミクロ三昧の日々を送っていた。

ただ……。

「伸び悩んでるんだよな……」

順位は半分の十位前後までいくことは増えてきた。

だがそれ以上はいかない。

原因もおおよそわかってきた部分はある。

ただそれでも、経験不足も否めない部分があり、今はとにかく数をこなすフェーズというわけだ。

「そこにこの連絡は……渡りに船だな」

一応ｒｅｅｅｎとしての活動が表に出て来たのもあり、メールのチェックは定期的にやるようにしていた。

とはいえアドレスの公開はやめているので、連絡があるとすれば活動再開前に見ていた人に限定される。

「まさかアリサ以外に、このアドレスに連絡する人がいるとは思わなかったけど」

迷惑メールに埋もれそうになっていたそのメールの送り主——国内最強の女子プレイヤー、ＲＩＯの名前がそこにはあった。

「……ほんとに送っちゃった」

東雲涼(しののめりょう)——ＲＩＯは画面の前で一人つぶやく。

「あのｒｅｅｅｎに、連絡を……」

ＲＩＯのプレイスタイルとはかけ離れているが、それでもＲＩＯもまた、ｒｅｅｅｎのプレイの華に憧れて競技を始めた人間の一人だ。

そのｒｅｅｅｎと繋がれたことだけでも、今回解説の仕事を受けたかいがあるとすら思っていた。

「会社が協賛するからって頼まれたけど……結果的によかったわ」

ｓｅｎｏｕと繋がれたのも彼女にとっては大きい。

それに、ｒｅｅｅｎと互角に撃ち合いをするような女子プレイヤーまで見られたのだ。

「意外とたのしみよね、ＶＴＣ」

はっきり言って敵なしでプロになった彼女にとって、今回の大会はＶＴｕｂｅｒたちの遊び……とまでは言わずとも、言ってしまえば大会とは名ばかりのお祭りでしかないと思っていた。

だが蓋を開けてみれば……。

「こんなに熱い場所だったなんて……」

解説として呼ばれた彼女にすら何かの火が燃え移るほど、ＶＴＣの熱は大きく、熱くなっている。

その火の勢いにはＲＩＯの参戦も一助を買っているんだが本人はあまり自覚はない。

「とにかくこれで、ｒｅｅｅｎと繋がれたし……」

あわよくば会えるのだ。

とにかく会えればラッキー。

そう思ってなるべく来るためのハードルを下げた。

会う理由はサミクロに絞ったし、彼がコーチをするチームのことも話題に出して、なるべく断られないように保険をかけたのだ。

そして……。

「あ、返事……！」

バッと画面にかじりつくＲＩＯ。

「ぜひ参加させていただきます……よしっ！　よしよし！」

まずは誘いに乗った。これが一番大切だ。

直接会ってしまえば、あとはいろんな話が出来るしなんとでもなる。

そう思っていたが……。

「つきましてはご心配いただいたチームメンバーもぜひお連れして……え？　あれ？」

思惑とは外れた文面。

とはいえ今さらもう、断るわけにいかない。

「えっと……」

それとなくチームメンバーを連れずに一人で来ないかという思いを込めながら日程の調整のメールを何とか返す。

だがＲＩＯの思いはむなしく、あっさり過ぎるほどあっさりと、全員が参戦できる日程が生まれてしまったのだった。

◇

『やりたいです！！！』

RIOのメールの内容をアリサたちに伝えたところ、反応はこんな感じだった。

メールの文面は要約すると会いたいという話と、サミクロを一緒にやろうという話だった。

RIOといえば基本スタンスはサバサバとした気の強い女子、という感じなので、メールの文章は少し違和感を覚えるくらい低姿勢だったので驚いた。

今は解説の仕事だし、なりを潜めている部分があるが……。まあそれはいい。

なんせこのタイミングでサミクロを誘って来たわけだし、文面にもチームの心配やら何やらがあったのでアリサたちを気にかけてくれたんだろう。集合場所も所属するプロチームが運営するスクールということで、何人もいっぺんにプレイ出来る。

いい機会だし全員で行こうと思う。

『でもいいんすか？　呼ばれたのって先輩だけなんじゃ……』

『大丈夫だろ。あの文面だし』

『まあ先輩がいいなら行くっすけど』

『私もその日は大丈夫』

全員の日程も合い、比較的すぐにＲＩＯと会うことになったのだった。

◇

「ようこそ……ほんとに全員連れてきたのね」

「ああ、今日はありがと」

「いいわよ……いいけど……」

よくわからない反応で迎え入れられる。

普段はスクールとして使われているゲームのための部屋。

今日はここを貸し切りにしてもらっていた。

「あー……やっぱこんな感じっすか」

後ろでメグが何か言っているが、すぐにアリサの声にかき消された。

「すごーい！　ここでサミクロを教えたり習ったり出来るんですね⁉」

「そうよ。私もたまに教えてるけど、今後はこういうところも増えるんじゃないかしら。あなたたちもコーチしてもらったから指導があるかないかでどのくらい差が出るかわかったと思うけど――」

「そうなんですよ！　レンさんはとにかくすごくて！」

「レンさん……」

手を握らんばかりの勢いのアリサにＲＩＯが若干引いていた。

「ああ、俺の本名が怜だから」

「本名⁉　本名で呼ばせてるの⁉」

「ウチは先輩って呼んでるっす、同じ学園なんで」

「学園⁉」

「レン……」

「呼び捨てっ⁉　ちょっと！　私も名前で呼ばせなさいよ。そして私のことは涼って呼びなさい」

「いいけど……え、名前？」

「そうよ。東雲涼。私の名前よ」

「いいのか？」

「いいわよ。ただし配信には載せないでよね」

「それは大丈夫だけど……」

流石にそこまではやらかさない……いや待て、これまでは皆なんだかんだ配信で呼んでいい名前だったか……。

「間違えそうだからＲＩＯじゃ……」

「涼、よ。いいわね」

「……わかりました」

有無を言わせない圧があった。

流石は女子ナンバーワンプレイヤーだな……。

「で、レン……でいいのよね」

「いいけど……というか今日は何で呼ばれたんだっけ……」

一緒にサミクロをしよう、というのはわかるけど、そもそも俺たちじゃ一緒にやってもレベルが違いすぎるのだ。

かといってプロがサブアカで下位ランクを荒らすわけにもいかないだろうと思っていると……。

「ｒｅｅｅｎとならコラボ出来ると思ったのよ。ただこうなると……私のアカウントのランクについていけるの、その子だけでしょ」

アリサの方を見ながらそう告げる涼。

当然涼のランクはアルカナだ。マッチングは高いランクに合わせられるため、最上位帯で戦うことになる。

涼の言う通り、ついていけるのはアリサくらいか。

「コラボか……」

「流石に巻き込まないわよ、そっちの子たちも暇になるし」

そう言った涼だが……。

「いや、見たいっす！　三人でやるの」

「私も見たい」

取り残されるメグとセツナが希望した。

「見たいって言われても……」

そう言って涼がアリサを見ると……。

「やりたいです！」

「ということだけど……？」

「……わかったわ。配信はしないけど動画は撮っておくから、撮れ高があったら使うと良いわ」

「やった！　レンさん、頑張りましょうね！」

「ああ……ただ……」

問題は編成だ。

三人の使う武器種が、というか、俺以外の二人がかぶるのだ。

「アリサは今遠距離とマシンガン系で、後ろから指示出しを練習してるんだけど……」

「あーあれね。センスないわよ」

「え……」

バッサリと、涼が言い切る。

「というかレン、あんたもわかってるでしょ。それを言うのがコーチの役割よ。あんたはずっとその役目を放棄してたけど」

「待て待て。センスがないは言い過ぎだろ」

「そうね……」

涼が溜めて言う。

「才能の無駄遣い……かしら。どう考えてもアタッカータイプでしょ、アリサは」

「えぇっ⁉」

アリサがやっと声を出せた。

今まで固まってたからな……。

「今の配信でやったら炎上するぞ」

「わざとよ」

「何でそんなことを……」

「ウチはわかるっすけどね……先輩が悪いっすよ」

「えぇ……」

よくわからないけど怒られた。

まあとにかくアリサが責められてるわけじゃないならいいとしよう……。

「アリサはもともとフィジカル勝負のゲーマーでしょ。見てたらわかるわ。……誰を見て育ったかも」

「それは……」

「なんで司令塔なんかやってるのよ。セツナでいいじゃない。アンタたちのチームは」

矢継ぎ早に責め立てられアリサが言葉に詰まる。

「うぅ……」

「まあまあ……」

間に入ろうとしたが、涼に目だけで止められてスゴスゴ引き下がることになった。

「あの……アタッカー……私がやっていいんでしょうか……？」

「はぁ？　アンタ以外に誰がいるのよ……って、わかったわ。大体アンタの考えが……」

涼が溜め息をついて、俺をジト目で睨んでこう言った。

「これもあんたのせいじゃない……」

「え……」

「さっき言ったじゃない。誰を見て育ったかわかるって。……あんたよ」

「それはわかってたけど……」

プレイを見ればわかるし、元々そういう話はしていたからな。

「そのうえで、なんでこの子が後衛武器を選んでるかわからない？」

「さあ？」

全く心当たりがない……。

が、メグに溜め息を吐かれた。

「はぁ……まあ先輩なんで仕方ないっすよ」

「そうね……」

なんで呆れられるんだよと思いつつも二人の言葉を待つ。

「私なんかが、って言った理由、あんたよ。あんたが理想のアタッカーとして頭に残り続けてるから、自分がそのポジションに入ることに抵抗がある。ましてや今回、本番以外はあんたもカスタム戦に入れて、そこでアタッカーを出来るわけだし」

「あー……」

考えたこともなかった。

つまりアリサは……。

「俺のプレイを再現できない限りアタッカーをやるつもりがなかった、と」

「そうよ。ただ、一人では練習してたみたいだけど。そもそもマシンガン一本で気持ちが前のめりなんだから、死ぬでしょ」

「スナイパーもうまいだろ？」

「あれは素のゲームセンスだけよ。本物のスナイプ、見せてあげるわ」

ニヤッと涼が笑う。

「わかってると思うけど、今から見せるのがセツナ、あなたにやって欲しいプレイだから」

「わかった」

アリサがアタッカーになるということはセツナが後ろに回るということ。

セツナはまあ、元々司令塔もこなすし問題ないんだろう。プレイのレベルは変わっても方向性は示せる。

「あんた、この方がいいってずっと気づいてたわよね？」

「それは……」

そうと言えばそうだ。

だが勝つためとはいえ、希望するポジションの変更まで強要するのは違うと思っていた。

ただ、俺が間違っていたらしい。

「あんたにアタッカーでいいって認められるのを、ずっと待ってたのよ？」

「う……ごめん」

「謝るんじゃないでしょ。あんたがアリサをどう思ってたか、教えてあげなさいよ」

「え……えっと……」

どう思ってたか……。難しい質問だが、ここで答えるべき回答はシンプルだ。

「アリサには、あの時の俺を再現して欲しい」

「――っ！　わかりました！」

パアッとアリサの顔が明るくなる。

正解だったみたいだ。

「傲慢ね」

「全くだ」

こっそり涼に耳打ちされる。

七年も前の自分を再現しろなんて、何様だと言われても仕方ない。

「まあでも、いいじゃない。ちゃんと鍛え直すのよ、あんたが」

「ああ」

そうこうしているうちに準備が完了し、マッチングも滞りなく完了する。

「緊張しますね……」

「心配しないでいい。後ろで指示出すのは世界最強の女子プロだぞ」

「意趣返しみたいにハードル上げないで。というか私がオーダーするなら容赦しないけど、いいのね？」

「望むところだ」

「望むところです」

気合いは十分。

普段競技でやっている涼のスピード感はとんでもないものだ。

オーダーを受けてもその通り動けなくて崩壊する可能性も高いんだが、アリサの判断スピードならある程度ついていけるだろう。

問題は俺の方だが、引くわけにいかないからな……。

「始まるわよ。落下地点はここ」

「激戦区だろそこ⁉」

「プロがランクマッチの戦闘に日和るわけにいかないでしょ。ああそうだ、言い忘れてたけどカスタム用のオーダーじゃないわよ」

「それはもうわかったよ」

言っている間に最も多くのプレイヤーが降りる大激戦区に降下が始まる。

最悪武器も取れず素手で殴り合うレベルの激戦区だ。

「各自生き延びて会いましょう」

オーダーもくそもない……。

とはいえ初動ファイトはある程度そういう性質もある。まずはそれぞれ、武器と物資を調達出来る程度には離れて着地。

だがいつもよりは近く、すぐに合流出来るようにした。

それでも……。

「くっ……」

すでに敵が三枚。

武器を取ろうとしている遅れてきた相手から倒していく。

落下の判断が早かったため誰よりも早く降りられたのは大きなアドバンテージだ。

「アリサ、大丈夫か⁉」

「はい！」

それだけ。

ただこれまでにないほど弾んだ声で、そう返ってきた。

「うわ……リサちゃやば……なんなんすか今の動き」

「対面勝負は強いと思ってたけど……ここまでなの……」

後ろで見ていた二人が驚きの声をあげるようなプレイを見せているらしい。

今見られないのが残念だ。

「人の心配する余裕があるならこっち来て。もう移動するわよ」

「もうか」

「この安地からなら最終円は左に寄るでしょ。真ん中入ってやってくる敵倒しながら左に向かうから」

「戦闘狂（バーサーカー）だな……」

「アルカナランクはこうでもしないとポイント盛れないの」

「俺らとやるのにポイント盛ることまで考えてるのか⁉」

「当たり前でしょ！」

楽しそうに、だが優雅に動き回る。

人を魅了するプレイングだなと改めて思わされる。

何せ遠距離用のスナイパー武器を使って、この初動ファイトを勝ち切るのだから。

普通は近距離用の武器の方が当然有利だ。

だというのに、さも当然のようにスナイパー武器をゼロ距離でもぶち込んでいく。

相手の行動を読むセンスが抜群に長けているのだ。

「ほんとにすごいな……」

エイム力を評価するとき、連射武器の場合問題になるのはリコイル制御だ。

普通に撃てば撃った分ブレる照準を、どれだけブレさせずに当て続けるか。

それに対してスナイパー武器の場合、リコイルの問題はないが一発で仕留めないといけないため、相手の動きを読んで動く先に置くエイムが求められる。

「別に出来るでしょ、レンも」

「いやいや……」

ＲＩＯというプロプレイヤーを見た時、誰もが一度はこう思うだろう。

――天才、と。


そして涼はその天才的なセンスを、他人も出来て当然のものとして扱うのだ。

自分が結果を出せたのは努力の差であると、そう信じている節がある。

「……昔いたな、そういう相手が……」

「何言ってんの？　そろそろ動くわよ」

「ああ」

懐かしい記憶に浸る時間はなさそうだ。

なんだかんだでもう最終円、カスタムとは異なりこの時点で二チームしかいない。

そしてこの時点でなお、涼はスナイパー武器を手放しておらず……。

「一枚やった！　詰めるわ」

「わかった」

「わ、わかりました！」

そのまま俺たちは、あっさりとチャンピオンを取ったのだった。

「すごすぎました……ついていくのに精いっぱいで……」

「キル数見たらそうとは思えないけれど……」

「いやいや、ＲＩＯさんの方が圧倒的じゃないですか⁉」

　初動からかなりキルムーブだったとはいえ、チームキルが二十八というのはなかなかな数字だ。

　そのうちアリサが七、俺が八、あとの十三が涼だった。

　普通に活躍してると言えると思う、というかこれでダメなら俺もダメなんだが……。

「なんであんたはこの程度のキル数で安堵してるのよ」

「うぇっ⁉」

「やっぱ腑抜けてるわよね……キララ相手に倒しきれなかったし」

　何故か俺は怒られはじめた。

「よし……腑抜けたあんたは私が鍛え直してあげるわ。そっち三人はどこ使ってもいいからランクでもやってていいわよ」

「え、俺は……？」

「あんたは私とタイマン……いいわね？」

もちろん拒否権はどこにもなかった。

■第11話　タイマン勝負

「くっ……」

「なんでこの距離で撃ち負けるのよ。ｒｅｅｅｎステップなんてプロじゃ見慣れた技術よ？　もっと頭使って」

涼とのタイマンは終始こんな調子でボコボコにされている。

ゲームのシステムとしてタイマンというものはないんだが、訓練場を使ってフレンドリーファイアをオンにすると戦えるのだ。

すべての武器が周囲に落ちているので、お互い好きな武器を持っていける……のだが……。

「タイマンでスナ使う人初めて見ました」

「未来でも見えてんのかってくらいバンバン当たるっすねぇ……」

三人がランクマッチの合間に見に来てはこうやって感想を言ったり、逆に俺たちが休憩中たまに三人のプレイに口出ししにいく、という感じで進んでいる。

「はい次、今度はアビリティありよ」

「なら武器を変える」

こんなペースでひたすら殴り合いを重ねた結果、十回に一回勝てるか勝てないかのレベルが十回に二回勝てるレベルになってきた。

「先輩、ボコボコにされてんのになんでニヤけてんすか」

「そういう趣味……？」

「違うから……」

相手は同世代で男女問わずナンバーワンプレイヤーなのだ。

天性の才能を持ち、努力を当たり前と言う化け物。

そして……。

「あの時の初心者……涼だったんだな」

プレイで気づいた。

俺がサミクロを辞める直接の原因。

天狗になっていた俺のプライドを粉々にして、それっきりになった少女だ。

「やっと気づいた……何年待ったと思ってるの」

「悪い」

「いいわ。それに私は謝らない」

それでいい。

「その代わり何度でも、あんたの目が覚めるまで受けてあげるから」

それを合図に再び銃撃戦がはじまる。

「ええ、お二人に何が……」

困惑するアリサに説明をしながら、まずは遮蔽を使いながら中距離での撃ち合いだ。

「七年前、まだ子どもだった俺はわかりやすく調子に乗っててな。一時期は本当に敵がいなかったんだ」

「それは……動画でよく見てました！」

「そう。でもサミクロはあれからもずっと続くゲーム。当然そんな一方的に君臨し続けられるほど甘くはないわ」

涼の言う通り。

だが当時の俺にそんなことはわからなかった。

全然勝てなくなり、上位層についていけない壁を感じはじめたタイミングで、涼と出会ったのだ。

「歳の近いやつがいるって聞いて、調子に乗ってた俺は調子に乗れる相手を見つけて嬉々として涼に近づいたわけだ」

「そんな悪意は感じなかったけど？　ちゃんと教えてくれたじゃない。こうやって敵に近づく方法とか」

「くっ……」

教えたというほどのことはない。ただ距離を詰めるならグレネードを使えと言った程度のもの。

「はい、私の勝ち」

あっという間に制圧され、あっけなく勝負がつく。俺が六割のダメージを与える間にこちらが倒し切られるような、そのくらいの差があった。

「私にサミクロの基礎を教えてくれたのがｒｅｅｅｎ。だと言うのに、恩返しする前にいなくなるなんて」

「……悪かったよ」

「ほんとよ……やっと会えたと思ったら三人も女の子侍らせてるし」

「それは違うだろ⁉」

ジト目で睨んでくる涼。

「ほらー。だからウチらがいていいかって聞いたじゃないっすか」

「でも参考になっただろ⁉」

「参考にはなりました！」

「それはそうっすけど……はぁ……まあウチはいいっす」

楽しそうなアリサと微妙な表情のメグ。

セツナは黙って俺たちを眺めていた。

「……まあいいわ。とにかくキララ程度に負けてもらっちゃ困るのよ。あんたは私の……憧れなんだから」

顔を逸らしながら涼が言う。

「なんか言いなさいよ！　いやいいわ、次よ。今度は武器固定。いいわね？」

「はいよ」

現役プロ。その中でもおそらく上位であるＲＩＯとのタイマンの撃ち合い。

最初は本当にぼこぼこにされていたが、徐々に五分五分になっていく。

「すごい……これがトップの争い……」

アリサにはいい刺激になったらしい。

いや、アリサが目指す場所を考えるならもっとだな。

「ＲＩＯは司令塔だぞ。これからアリサはアタッカーになるんだからな」

「ええ⁉　それは……うぅ……頑張ります！」

「プロの撃ち合いを見てそれが言えるだけで十分すごいっすよ、リサちは」

「そうね……私は指示が出せるように頑張ればいいのよね」

セツナの声に答えるのはＲＩＯだ。

「そうよ。あなたはむしろその方が得意なんじゃないの？」

「戦い始めると夢中になっちゃうのよね……」

「いいじゃない。私の動き、見てたでしょう？」

ＲＩＯがニヤッと笑う。

「戦闘が始まって自分についていけないような味方、置いてっちゃえばいいのよ」

「それはどうかと思うんだけど……」

ＲＩＯの言葉にセツナが返す。

同じレベルならともかく今回はメグがいるからな。

とはいえ……。

「まぁ元々セツナはメグのこともよく見てるし、むしろ一緒にやってれば一歩下がることも多かっただろうから問題ないと思うぞ」

どちらかというとアタッカーになったアリサのスピードについていけるかどうか……みたいな話になるだろう。

何はともあれ、その後も五人で色々な練習や意見交換を交わし合った。

本当に収穫の多い一日になったのだった。

■第12話　カスタムマッチ

『あいつ……やりやがった……』

『でもこれでレンさんの実力が知れ渡ったじゃないですか！』

涼との練習の日からしばらく経ち、ついに大会の開催は一週間後に迫っていた。

ここからは毎夜、カスタムマッチとして大会と同じ仕様で練習試合が組まれることになる。

もちろん毎日全員が揃うわけではないので、コーチが入ったり運営が参戦したりと、ある意味一番参加人数の多いお祭り期間となっていた。

アリサたちはもちろん毎日参戦しており、俺も毎日コーチとして出ている。

ここからはもうほとんど配信に載るので迂闊（うかつ）なことは言えないんだが、今は準備中なので言いたいことを今のうちに言う。

『撮ってたのも聞いてないし、そもそもこのタイミングで出すのは悪意があるだろ』

『ウチら的には善意っすけどね』

問題は涼とのタイマン映像だ。

勝手に切り抜いて俺がぼこぼこにされるシーンから徐々に成長していき最後は涼を完封した形で動画が終わる。

『今日から毎日配信出ないといけないのにこんな目立つなんて……』

実力もそうだが涼の質（たち）の悪いところはその人気なのだ。

俺たちと同世代で、なおかつ珍しい女子プレイヤー、そしてさらにあの容姿だ。

ゲームプロだけじゃなく配信者としても、モデルなどのタレントとしても人気を誇っている。

そんな涼がこの動画を出せば、嫌でも俺に注目が集まる。

『レンが目立たないくらい私たちが活躍しなきゃってことね』

『ほんとに頼む』

心の底からセツナに頼んでおいた。

『とはいえウチらの戦績を考えると、結構苦しいっすね……』

メグの言う通り。

今日からがお祭り期間ではあるが、それまでもカスタムマッチは何回も組まれている。

これまでの戦績は……。

『チャンピオン取れてないですもんね……』

『むしろほとんど中盤までにやられてるっす……ウチの移動が遅いせいだと思って頑張ってるんですが……』

『メグは頑張ってる』

三人がそれぞれ自分の出来ることを探し続けて、でもうまくかみ合わない。

そんな状態が続いていたわけだ。

『でもアリサをアタッカーに据えるのは今日が初めてだろ？』

『それはそうですが、それだけで変わりますか……？』

一番大きな変化……というより、正直最初から俺がこうやって指示しておくべきだったのだ。

涼に言われるまでその助言が出来なかったのは、勝ちを求める三人からすればコーチ失格と言ってもいいレベルの失態だ。

『うまく形になれば、一番強いからな』

『うぅ……頑張ります！』

まあこれはもう一戦やればわかるだろう。

『そろそろ始まるし、配信にしましょうか』

『挨拶だけしたら繋ぎ直すっす』

『レンさんはやらないんですか？　配信』

『俺に需要はないだろ』

それに主役は三人だ。

『まあ正直今先輩に配信されると全部持ってかれそうなんでありがたいっすけど。お礼に今度デートしてあげますね』

『お前それ絶対配信で言うなよ』

『あはは。言いませんって。ちゃんと配信ではコーチって呼ぶっすよ』

『ならいいけど……』

『あ、私もｒｅｅｅｎさんですね……大丈夫かな』

『むしろ俺が三人を呼び捨てでいいのかが不安だ』

『今さらさん付けは嫌っすよ⁉　気持ち悪いっす』

『言い方！』

まあ何はともあれ、配信に載せてのカスタムマッチ期間が始まったのだった。

◇

『うわー色々名前ありますね』

そりゃそうだろとしか言えないんだが、確かにカスタムマッチの準備画面は壮観だ。

なんせＶＴｕｂｅｒだけで六十人が並ぶからな。

『ルイ＝コルシックとマリー＝コルシック……？　双子みたいでなんか目を惹きますね。こういう名前も良かったなぁ』

『ウチと苗字揃えますか？』

『どっちの苗字にするのよ……』

『えーどうするっすか？』

そんな会話をしているうちに準備は進んで一戦目が始まる時間になった。

『じゃあ一戦目は俺はミュートにするから、セツナ、頑張ってくれ』

『うん』

「よし」

ミュートにする理由はいくつかある。

まずはセツナのオーダーだけでパーティーがまとまるかの確認。

そして……。

「今日からの各パーティーの動きは見ときたいからな」

公式チャンネルを俺が確認するため。

リアルタイムで俺が公式配信を見ながら指示を出すのは不正行為になる。敵チームの位置、持ち物、体力などが全部筒抜けになって指示を出せばそりゃ勝ててしまうわけだ。

アーカイブで後から見ることも出来るが、一戦目はまずこの目で確認しておきたかった。

「練習戦で結果を出してきてるチームはいくつかわかってるし、公式もそこを拾いに行くだろ」

これからの一週間はこうしてお互いの情報や自分たちの動きを見ながら調整していく期間。

三人のプレイよりも公式がピックアップする要注意チームを見ておこうと思ったんだが……。

◇

『これはー！　また火鳥アリサ選手だー！　強すぎるー！』

「ほとんどアリサの活躍だ……」

今倒したチームもえっと……七篠さよ、編屋さつき、おむらいす食堂のおむ……個人勢ながらここまでの練習戦で三位に入ったり活躍していたチームだぞ。

それを一瞬でほとんど一人で倒しきっている。

メグなんか目を回しているであろうことが想像出来るスピードで、アリサが戦場を蹂躙していた。

『これでもう十キル!?　どう見ますかｓｅｎｏｕ』

『これまでの練習戦では一歩引いた立ち位置でオーダーしてたよね、彼女』

『そうね。でもやっぱり、あの子はこっちの方が向いてるでしょ』

『その口ぶり、ＲＩＯ選手はアリサ選手と繋がりが？』

『ふふ』

涼が解説として意味ありげに笑う。

ちょっと誇らしそうだな。確かにこの活躍はほとんど涼のおかげと言っていい……。

「にしても、ここまで化けるか……」

これまでのアリサはオーダーに手いっぱいで二人を気遣うばかりになり、自分が戦闘するという選択肢自体あまり持っていなかった。

元々個人の戦闘技術は相当高い。

問題は本人がやりたがらなかったことくらいなんだ。

『これは今大会台風の目になりそうだねー。いやーカスタムなのに解説呼んどいてよかったー。二人はアリサ選手、どのくらいの強さだと思う？』

『強さ？　わかんないけど今見てる限りやってれば最高ランクにはいくと思うよ』

『アルカナってこと!?　ｓｅｎｏｕのお墨付きはやばいね』

もちろんアタッカーをやることが決まってからの努力もよく知っている。

なんなら俺とずっとタイマンしてたからな……。

『アルカナランクで収まるかしら？　私のライバルになっちゃうかもしれないわね、これ』

『ええぇ。そこまでなんだ。まあでも今の動き正直、僕じゃ出来ないねぇ』

アリサの武器は天性の勝負勘だ。敵がどちらに動くか、敵がどこにいるのか、そういう予想能力に長けている。

エイムやキャラコンについては突き詰めればそこまでの差は出にくい。ゲームとしての限界があるのだ。

だが勝負勘のような、練習でどうにもならないところだけは差が出てくる。

そういう意味でその才能に恵まれた天才、ＲＩＯがライバルというのは最大限の賛辞だろう。

『セツナ！』

『うん。そのまま行って大丈夫。メグ、移動用のアビリティは使っちゃっていいからアリサについてく』

『わかりましたー。なんかゲームなのにずっと走ってるから息切れしてきた気がするっす』

公式配信を聞きながら三人の会話を聞いているがこの会話が出来ているということはまだ余裕があるんだろう。

そして……。

『これ、このまま行くと有利だよねぇ。アリサ選手たち』

『今回もうキララが落ちちゃったからねぇ』

『今日はちょっと調子悪そうよね、キララ選手』

そう。

すでにキララたちアンリアルのチームは序盤で刈られているのだ。

原因は何となくわかっている。

まず勝ちすぎて、どこのチームからもマークが激しくなったこと。

そしてアンリアルという大型企業であることに由来している。

「やりづらそうだな……」

アンリアルは元々FPSどころか対人ゲームの配信すら少ない。それぞれのチャンネルを見に行っても応援のコメントはあるがゲームへの理解がなく、否が応にもわかりやすい見せ場を求められているのだ。

「普段なら序盤にあんな乱戦になったら引くだろうに……キララが無理に突っ込んで負けた感じだな」

キララたちの配信ではすでに生き残っている他のチームの観戦モードになっており、その間に反省会となっているんだが……。

『アリサちゃん……無茶苦茶強くなってる』

『もしかしてキララ、全チームの敵把握してるの？』

『え？　うん。大体わかるよ』

『うわぁ……じゃあ今回やられた相手もちゃんとデータはあった感じ？』

『猫秘ぺるさんだよね。マシンガンとARだったと思ったら、ショットガン持ってた』

『すご……』

『まあ初動だったし、トドメがそうだっただけでデータのせいじゃないよね。ごめんね。私のオーダーが悪いとこうなっちゃうんだよなぁ』

『オーダーはついていけてない私が悪いよーごめん』

『次は、ちゃんと倒すから』

アンリアルの三人も似たような悩みを持っている。

意外だったのが空色カスミの成長度が思ったより大人しかったことだろう。

コーチを付けないチーム方針だったが個人でコーチを頼んだと配信で語っており、裏での努力は見て取れる。

だが動きの基礎は出来ていても、連携となると一手遅れる状況だった。

「その点、うちは連携は取れてるんだよな」

メグとカスミを比較すれば間違いなくカスミの方がうまい。

これはもう過去どれだけＦＰＳに取り組んできたか、ゲームに取り組んできたかの違いで、仕方ないものだ。

だがメグは絶対に位置取りにおいて失敗をしていない。

「地頭がいいからか……」

負けるときは相手が強くて仕方ないとき。勝つときは勝つべくして勝つポジションにしっかりとメグがいるのだ。

これはかなり大きいことだった。

そんなことを思っていると……。

『やったー！』

『初チャンピオン！』

『やったっすね！　というかポイントもすごくないっすか⁉』

アリサたちがカスタムで初めて、チャンピオンを取っていた。

『ｒｅｅｎコーチ！　やりましたよ！　見てましたか⁉』

『見てたに決まってるだろ。おめでとう』

『わーい。どうでした⁉』

『すごくないっすか⁉　リサちなんか十三キルっすよ⁉　本番もこうならいいのにー』

メグが言う。

まあそう甘くはないことは経験のあるセツナなんかはよく理解していると思うが、今はいいだろう。

『とにかくおめでと。次も頑張れ』

勝ったんだからそれでよし、と思っていたが……。

『コーチ、ちゃんとダメ出しが欲しい』

『そうっすよ！　このまま本番迎えて大丈夫だと思ってるんすか？』

『弱気なのか強気なのかわからんなそれ……』

『で！　で！　どこが直れば私たちもっと強くなれますか!?』

三人のやる気がすごい。

勝ったテンション、というのもあるだろうが、そのテンションの結果出てくる言葉がこれだ。本当に三人とも、やる気十分だな。

『じゃあ言うか……。初動の漁り、あと十秒早く出来るぞ』

『十秒も!?　鬼っすか!?』

『メグはまだ全部アイテム覚えてないだろうけど、もう取るものの形だけ覚えておけばいい。鞄の中身の理想的な構成を教えるから頭に入れとけ』

『わかったっす！』

『セツナはオーダーに遠慮がある。アリサは放っておいても結果的にいい動きをするけど、結果論じゃなくアリサごとコントロールしていいからな。メグにももっとスパルタでいい』

『えー、なんかウチにだけ厳しくないっすか⁉』

『で、アリサ』

メグが『なんで無視するんすかー！』とぼやいているが一旦無視だ。

『最後の方、気が緩んでただろ？　相手がうまくやってたらやられてたぞ』

『う……気を付けます』

『確かに最後、アリサはちょっと前のめりだったわね』

『歯茎出ちゃってたっすねぇ。勝つ前に』

言葉を選んだが、言ってしまえばキララに勝てるかどうかなのだ。

今回は相手に恵まれただけ。

本番はここからだ。

『そろそろ始まるぞ。二戦目はオーダーの手伝いするから。メグ、頑張れよ』

『ウチだけ名指し⁉』

『いいなぁ、メグ』

『今の流れで羨まれるのはおかしいっす！』

そんなこんなで二戦目が始まる。

ただ結局その日はずっとキララが不調のまま、アリサが大暴れする日となってカスタムマッチを終えたのだった。

■第13話　本番が近づいて……

『くっ！　やっぱり強い……』

カスタムマッチは四日目。

初日、台風の目として一気に注目を集めたアリサだったが、そこから三日間は苦しい展開を強いられていた。

アンリアルのチームと同じ。対策されてしまえばこうなる。

それに……。

『またアンリアル――キララちゃんたちが一位』

『うちは道中でそこに撃ち負けて七位、か』

キララの覚醒。

初日の不調が何だったのかというほど大暴れをするキララは、もはや公式のコメントで魔王とまで呼ばれている。

実力もなまじＲＩＯが評価したアリサを完封するほど圧倒的なため、プロ入りの噂が本気になりかけてちょっと燃えてるレベル。

あくまでアイドルだからな……アンリアルの星屑キララは。

『いやーやっぱキララちゃんやばいねぇ』

四谷アキも実況をしながらこんなことを言うほどだ。

『本気でやれば競技シーンでも通用しちゃいそうだよね……本当に圧倒的だね』

ｓｅｎｏｕにこう言わしめているのがとんでもないし、ｓｅｎｏｕの一声があればプロチームも動くほどの影響力があるのだ。

もはやＭＶＰは確実、優勝もほぼほぼ手中に収めていると言えるほど、星屑キララは圧倒的だった。

『どうすれば……』

現状、各チームの考え方はほとんど統一されている。

いかにキララとぶつからずに順位を伸ばすか、だ。

このゲームは性質上、どれだけ個人技が強くてもやられるときはやられる。

『ｒｅｅｅｎ、私たちも……』

セツナが作戦の変更を持ちかけてくるが……。

『いや、今のままいこう』

現時点ですでに、キララとまともにぶつかる気があるパーティーはうちだけだ。

というより、うちとキララのチームだけが本来の大会セオリーを無視した戦い方をしている。

『順位は伸びなくてもうちはポイントが稼げてる。このやり方を変えると多分、総合順位が安定しない』

『それは、確かに……』

それともう一つ。

そもそもキララの位置把握が難しいのだ。

『アンリアルのチームとはスタートが遠くてぶつかる頃にはどこにいるかわからないから、それを気にするくらいなら今のまま目の前の敵を倒し続けたほうがいい』

キルムーブと言われる戦闘を繰り返しポイントを稼ぐスタイル。

通常、順位の方が大事な大会では命を大事に、が基本なんだが、今回アンリアルのチームとうちのチームだけがキルムーブでガンガン戦闘を仕掛けに行っている。

普段のランク戦と同じくらいか、それ以上に好戦的なこのスタイルを支えているのが、キララとアリサの個人技というわけだ。

『西がウチら、東がキララちゃんたちでローラーで挟み込んでるような状況っすねぇ、ここまでは』

メグの言う通りだった。

カスタムマッチと本番で動きは変わるだろうけどな。

『にしても、リサちに負担がかかってて申し訳ないっす』

メグが言う。

まあ仕方ないというか、アリサをアタッカーにした時からこうなることはわかってたからな……。

とはいえ……。

『メグはだいぶ成長したと思うぞ』

『ほんとっすか!? じゃあなんかご褒美ください！』

『大会で活躍するとスポンサーがパソコンくれるんだろ？ 頑張れ』

『そういうのじゃないっすー！ というか先輩！ 知ってるんですからね！ あれからＲＩＯさんとちょこちょこやりとりしてんの！ なんかアドバイスもらってますよね!?』

『なんで知ってんだ!? いや、というかこれ配信載せてないだろうな!?』

『今日は大丈夫っすよー。リサちの対策増えたから隠すって言ったじゃないっすか』

そういえばそうなんだがそれでも焦る。

『へぇ、レンさんは私たちに内緒でＲＩＯさんと……』

『アリサ……？』

通話越しなのに圧を感じる声音に思わずアリサのアイコンを見つめてしまう。

心なしか眼の光がないような気がしてくるくらい怖かった。

なんでだ。

『あ……！　そうだ先輩！　土曜は空いてますよね!?』

空気の変化を感じ取ったメグが流れをかき消すように話題を変えた。

『土曜？　なんか大会も前夜祭みたいなのやるんじゃなかったか？』

『夜だけなんで！　昼間デートしましょうよ！　今日明日で一番活躍した子と！』

『にゅっ!?』

アリサが驚いて変な声をあげる。

『いいわね。楽しそう』

『だっ！　ダメですって!?　レンさんもお忙しいでしょうし……えっと……』

『むしろ俺より三人の方が忙しいからダメだろ』

『ほら！　レンさんもこう言ってますし！　えっと……私は別に大丈夫ですが……その……』

テンパったアリサからさっきの圧がなくなったのはよかった。

これが狙いかとメグに感心しそうになったが、どうやら本気のようだ。

『リサちは勝ったら辞退するといいっすよ。先輩を思いやるなら』

『なっ!?』

『勝てばいいだけっす。ウチが勝ったら配信ギリギリまで遊び倒しますけどねー。家も近いし……というか家来(うち)てもらえばいいっすよね、お家デート』

『ダメに決まってるでしょ!?』

『あれー？　でもリサちも家に呼んだんですよね？』

『ぐっ……あれは……レンさん何か言ってください！』

『いやここで俺に振られても……』

　完全にメグのペースだ。

　セツナのように黙っているのが正解だろう。

『まあ、そもそも何で勝負かわからないけど、メグがアリサに勝てるものあるのか？』

『うぐ……先輩、時に真実は人を傷つける凶器になるんすよ』

『まあでも、私たちに言わずにＲＩＯちゃんと遊ぶ余裕があったんだし、少しくらいいいんじゃないの？』

　あれ……。セツナもなんか圧があるな……。

『あっ！　じゃあこれまでのキルレとここからのキルレの差で勝負しましょうよ！　そしたらフェアです』

　メグが言う。

　キルレートは死ぬまでに何人倒せたかという基準なんだが……。

『メグ、いま一あるのか？』

『アリサは十くらいありそうだし』

これまでの活躍のせいで条件がアリサに不利すぎる。

が……。

『いいですよ！　受けて立ちましょう！　これまでのキルレ平均と今日これからと明日の平均の差ですね!?』

『いいんすかー？　普段譲ってるキルもウチが取っちゃうっすよ？』

『それはこっちのセリフ……！　レンさん、勝ったらちゃんと付き合ってもらいますからね！』

『あれ？　リサちは先輩のために遠慮するんじゃないんすか？』

『うぐ……それは……それは勝ってから決めます！』

よくわからない戦いが始まってしまった。

唯一の大人のセツナを頼ろうと思ったが……。

『これ、もちろん私も参加していいのよね？』

『止めてくれる側じゃないのか……』

『楽しそうじゃない。一日レンを好きに出来るんでしょ？』

『好きにっ!?』

『そこまで許したつもりはない』

なんならデートのことだって俺は何も言ってないというのに……。

『まああたまにはいいじゃないっすか。楽しみましょー、先輩も。先輩からしたらこんな美少女の誰かとデート出来るんですから役得じゃないっすか』

『……微妙に否定しづらいからやめて欲しい』

全員美少女であることは間違いないからな……。

役得と言われればそれはそうなんだろうけど……。

『あ、はじまるっす！　じゃあ先輩、よろしくお願いしますねー』

◇

その後カスタムマッチは二、三戦行われ、結果は……。

『やったっすー。上がり幅はウチの方が大きいっすね！』

『私もちょっと伸びたわね』

『くっ……』

三人の反応はわかりやすく結果を示していた。

明日もあるとはいえ現時点でメグが一番優位に立ち、アリサは逆に成績を落としている。

『突っ込みすぎてデスが増えたな……』

『うぅ……悔しいです……』

それに何より、どうしてもアリサは相手からマークされるし、相手のエースとぶつかることも多くなる。

結局今日はあれから三戦して、そのうち二回はキララにやられていた。

ただ……。

『キララ相手に奮闘してる様子がコメントで評価はされてるな』

『本当ね。というより、他のチーム相手だとそれだけ圧勝なのね……』

もはやキララ相手にまともに撃ち合えているのがＶＴＣ参加プレイヤーだとアリサだけになっているのが現状だ。

まあコーチが参戦しても暴れるような存在だからな……。

その中でアリサはかなり善戦しているほうだった。

『でも……勝てない……』

『今だと倒されるまでに半分くらいダメージが入ればいい感じか』

本当にキララの強さは異常と言える。

『今日は終わりですし、明日頑張るしかないっすね』

『そうね。私たちはもう落ちるけど……』

『レンさん！　ちょっと付き合ってもらえますか⁉』
まあそうなるだろうな。
負けたままでは終われない性格だ。
『いいよ。今日はゲストも呼んでおいたし』
試合を見ながらさっき連絡しておいたのだ。
『ゲスト……？』
『それはウチも気になるっす』
『そうね』
全員興味を持ったようで解散の流れが変わる。
もう日付も変わる時間だが誰も寝るつもりがないようだ。
まあそういうことなら、ちょうどいいかもしれない。
『このグループに通話で呼んじゃおうか』
全員顔見知りだしな。
『あ、ＲＩＯさん⁉』
『先輩、やっぱりこまめに連絡してたっすね』
『でも、この上ない助っ人』
それ以上何か言われる前にＲＩＯをすぐ呼び出した。

『ねえ、私のこと便利屋か何かだと思ってないかしら？』

『えーと……』

通話に出るなり涼が怒る。

『まあいいけど……何のために呼んだのよ』

あっさり許されたのでひとまずそのまま甘えよう。

『アリサとタイマンをして欲しい』

『……なるほどね。で、他のメンバーはどうするのよ』

『ウチらは見てるっすよ？』

『それじゃダメでしょ。気づいてる？　アリサが負けてるのはキララの力もあるけど、チーム力の差でもあるのよ？』

涼は容赦がないな……。

『ある程度は仕方ないだろ？　暗目ユイは経験値が違うし、空色カスミはちょっと別格すぎる』

キララの陰に隠れてはいるがあの二人も相当な実力がある。

むしろキララのプレイに引き上げられる形で、格上相手でも倒しきるパフォーマンスを出しているほどだ。

『仕方ないかもしれないけど、そのままでいいわけ？　コーチは優しいだけじゃ務まらないって』

『あなたたちも、レンにははっきり言わないと駄目でしょ。自分たちはここで満足してないわよ』

『それは……』

涼の言葉に俺が黙り込むと……。

『わかってるっす。このままだと駄目なことは……』

『そうね。私もこのままで終わりたくはないわ』

『でも……先輩もそれなりに厳しくしてもらってると思って、これ以上どうすればいいか……』

メグが切実そうに訴えかける。

俺もほとんど初心者のメグ相手にそこそこの要求をしてきたと思うんだが……。

『本番がもう三日後でしょ？　基本の技術教えてる場合じゃないじゃない。今日一試合、メグムが逃げてれば順位伸ばせた試合あったでしょ？』

『確かにその辺、考えてなかったわね』

セツナが言う。

『ウチが生き延びて順位を伸ばすってことっすか？』

『でもそれじゃ……私がキララちゃんに勝てるようにならないと一緒じゃ……』

涼の指摘を受けてそれぞれこんな反応を見せる。

だが涼が言いたいのはそれじゃないだろうな。

『チームとしての選択肢の問題か』

『選択肢……？』

アリサが不思議そうに聞いてくる。

『例えばメグが逃げる選択をしていれば、というかするチームだと思わせれば、ポイントが欲しいシチュエーションでメグを逃がさないようにしたり、そもそも逃げてハイドされたくないからすぐに倒しにいったり、相手の選択の幅が狭まるんだよ』

何をするかわからない相手は戦いにくい。

自分たちの目的を整理して、そのための最適な行動を取り続ける必要があるが、その思考に相手の行動の幅というのは意外と影響する。

初心者を相手にした上級者が圧倒できるのは相手の取る選択肢が限られていて行動が読みやすいというのもあるからな。

『プレイスキルは普通、こんなすぐどうにかなることはないのよ。今から変えるなら知識面でしょ』

涼が答え合わせをするようにそう告げた。

『そうなると確かに、メグは純粋に知識不足だし、オーダーを出すセツナも選択肢は増やしたいか』

『そう。個人技でどうこうなるレベルじゃない。もっと言えばアリサ、本来はアンタも、キララの相手は諦めてもいいけど……』

通話越しで表情も見えないが、それでもアリサの決意が伝わって涼は言葉を止めた。

『いいわ。アンタは私が鍛えてあげる。レン、そっちは……』

『わかってる。メグ、セツナ、俺のオーダーでランクを回す。ついてこれるだけついてきてくれ』

『はい！』

『わかったっす！』

『ええ』

◇

その日は夜通し涼に付き合ってもらい、ひたすら練習を繰り返した。

途中様子を見に行くと、アリサは本当に容赦なく涼にボコボコにされていたが、それでも折れることなく向かっていき……。

『あれ？　勝った……？』

『もう少し喜びなさいよ……』

涼相手に、最後の最後でアリサが完勝した。

『実感が湧かなくて……』

まあそりゃそうだろう。それまでがボコボコ過ぎたし、相手はあのＲＩＯだ。

『女子トッププロ相手にここまで戦えたら、本来ＶＴＣくらいなら楽勝できるはずなんだけどな』

ＶＴＣくらい、と言うと言い方は悪いが、それでも実際、この大会は上位大会が用意されているくらいのレベル設定なのだ。

上の大会はＶＴｕｂｅｒに限らずインフルエンサー同士が戦うエキシビションマッチになる。チームのランクポイントの合計が圧倒的に高くなり、アルカナランクが当たり前の大会だ。

それと比べれば本来、プロと渡り合えるようなレベルはやりすぎと言っていいんだが……。

『今回はキララ相手よ。本来後衛の私に勝てたからといって、楽じゃないはず』

『対面ムーブに特化しすぎてるしな……キララは』

技術はあるし、フィジカルではプロ相手に無双出来るキララだが、プロに入ったとしてもすぐ活躍出来るかといえば必ずしもそうではないだろう。

そのくらいこのゲームは立ち回りが重要で……。

『もうダメっす……しばらく頭動かないっすよー』

『私……明日休むわ……』

メグはともかくセツナがそんなこと言い出すレベルで色々叩き込んだからな。

立ち回り、と一口に言っても敵がいないときの大まかな移動のやり方から、戦闘時の展開や引きの判断ポイント……。判断軸は無数に存在し、状況によってそれらを使い分けて動く。

メグはそもそもそこまで考えてプレイすることはなかったし、セツナはそこまでの選択肢の中でオーダーを出してはいなかった。

明日もカスタムマッチがあるので練習出来てよかったと思おう。これを前日にやっていたら混乱してチーム力は低下していただろうから……。

『でも……強くなれた気がするっす。これで明日リサちより暴れて先輩とのデート権はもらえそうですねー』

疲労でいっぱいいっぱいなのにしっかりメグは煽りに来た。

そしてそのせいで……。

『レン……あんたいいご身分ね』

『いやこれは……』

『人気ＶＴｕｂｅｒたちを侍らせ、デートを餌にゲームしてるわけ？』

『人聞きが悪い！　勝手に始まったんだよ！』

『でもするんでしょ？　デート』

『それは……』

『嫌なら言えばこの子たち、無理強いすることはないでしょう？　というより、私の誘いは断るくせにこの子たちはいいのね』

なんでこんな通話越しに圧がかけられるんだ……。

『やっぱりＲＩＯさんからも誘われてたっすね』

『でも、断ってるらしいわよ？』

『ウチらの方が可愛がってもらってるってことっすねー』

メグの余計な一言のせいで涼がこんなことを言い出す。

『その勝負、私も参加するわ。どういう基準なわけ？』

『いや……』

『へえ……こんな世話になっておいて私だけ断るわけ？　そんなに可愛いかしらそっちの方が』

『そういうわけでは……』

どうすりゃいいんだ。

『そもそも涼は参加出来ないだろ。今までのキルレと明日の成績比較して一番よくなったのが勝ちってルールだ』

『それだと私入れないじゃない』

『だから言っただろ』

『……明日、カスタムマッチと同じ数ランクを回して比較でどうかしら？』

『いや……というかそもそもデートって何するんだ』

『それは……』

『一緒に出掛けるくらいならいくらでも出来るだろ』

デート、というからハードルが上がる。

俺がそのハードルに耐えられなくなってきているので、何とか軌道修正するために言ってみたんだが……。

『先輩！　いくらでも遊んでくれるんすか!?』

『誰とでも遊ぶということでもあるわね』

『誰とでもデート……なるほど……』

おかしな方向にいってしまった……。

『でも言質は取ったわ。大会が終わったら付き合いなさいよ。今回は譲ってあげるから』

『……はい』

断れなかった。

『そして三人も。レンは散々私の誘いを断ってるけど、理由はあなたたちよ？』

『え？』

『大会が終わるまでは三人のために時間を使いたいって言うのよ、サミクロに誘ってもね』

涼の言葉に三人からおふざけのオーラが消える。

まあ厳密に言えばそれだけじゃないというか……今の状態で涼とプレイしても迷惑かけるだけだし……。

やるなら本気で……ただその本気でプレイする時間までは確保できないという、俺のこだわりでしかないんだけど……。

『レンさん、私明日、やりますね』

『もう少し動画見て勉強するわ』

『ウチも……もっと頑張るっす』

結果的に三人のやる気に繋がったならよかったと思おう。

『流石に今日は寝といた方がいいだろ。もう朝日が……』

『そうですね。いったん解散しましょうか』

今日も一応、学園はあるからな……。授業中意識を保てる自信がないけど……。

『じゃあまた。おやすみなさい』

セツナが締めて、今日のところはお開きとなったのだった。

■第14話　デート権の行方

『やりました！　そっちあと一人、ローです』

『ダメ、追わないでアリサ。すぐ漁夫が来る』

『ウチはもう逃げてるっす。こっちは敵見えないです！』

カスタムマッチ最終日。

明日は前夜祭ということで練習出来るのは今日までだ。

昨日の練習の成果か、モチベーションの変化の成果か、とにかく今日は三人ともいい動きをしていた。

『来ました……！　アンリアルチーム』

『展開早い!?　だめ……逃げ――』

『逃げ道ないです！　あああもう目の前!?』

いい動きをした結果、キララを擁するアンリアルチームとぶつかる機会が増え、今のところきっちり刈り取られるという状況が続いていた。

『昨日あんなに練習したのに……』

アリサが悔しそうにつぶやく。

キララとぶつかったときだけわかりやすく、気合いが空回りしてるんだよな……。

『昨日までと違って相手がよく見える分、アンリアルチームってすぐわかるし身構えちゃうっすね……』

元々サミクロはそれぞれ自由に設定したアバターで戦闘を行う都合上、相手が非常にわかりやすい。ＶＴｕｂｅｒだけで試合をしているＶＴＣならなおさらだ。

だがそれでもこれまでは、キララたちは気づいたときにはすでに勝負にならないほどダメージを与えられていたり、完全に詰め寄られてから気づくようなシチュエーションが多かったわけだ。

『成長したとも言えるけど……』

『ここに勝てなきゃ意味ないのに……』

アリサの気持ちの入り方が尋常じゃない。

そして本人が思うほど今日の状況は悪くないのだ。

本当に動きはいいし、その証拠に公式の配信ではキララ対アリサのポイント数比較が挙げられており、今日含めアリサの方がキルの多い日が増えているという話題で盛り上がっていた。

解説組もこんな調子だ。

『こうしてみるとアリサちゃんのチームは攻撃的だよねぇ』

『アンリアルチームは勝ちが安定してきて、キルムーブというより通り道の相手を踏みつぶしてるだけって感じね』

『確かにねぇ。わざわざキルを拾いに行くってムーブではないもんね』

『魔王の行進って感じかな？』

ｓｅｎｏｕがそんなことを言っていた。

日本語のチョイスが絶妙というか何というか……。

『コーチ！　どうしたらいいっすか！』

配信に集中していた俺を通話に引き戻すメグの声。

今日は配信に声が載るんだよな。

『やってることは間違いじゃないからこのまま行くしかないだろうな』

実際それくらいしか言えない程度には三人の動きはいいのだ。

『間違ってない……なら……』

『頑張るっす』

セツナとメグはそう言って準備を始める。

アリサだけは心ここにあらず……だな。

「今のキルレは……」

通話をミュートにしてから確認を始める。

「このまま行けばアリサが一番伸びてるってことになるか……」

俺の役割は三人を勝たせること。

そのためには……。

「デートコース、ちょっと考えておくか……」

気負いすぎているアリサを何とかするのが明日の俺の役割だろうから。

◇

『結局一回も勝てませんでした！』

配信を終え、通話越しにアリサが言う。

『でも、昨日までより間違いなく良かったたっす』

『それは本当にそう。実際、順位を含めたポイントで今日は三位、十分上位って言える』

そもそも当初の目的だった目立つという点では十分なくらい話題にはなっているしな……。

とはいえ一番視聴数が伸びるのは本番だ。

当日結果を残せるかどうかはやっぱり大きな意味を持つ。

『この調子で行くとして……明日はアリサ、出かけるぞ』

『えっ……』

『悔しいけどキルレ、間違いなくリサちが一位っす』

『私はそんなにトドメさせなかったし見るまでもないわね』

『あれ？　私そんなに……？』

『キララで頭がいっぱいになりすぎだ。今日のアリサ、相当暴れてたぞ』

自覚のないアリサだったが自分の記録を見て我に返る。

『うわっ⁉　こんなに……というかいいんですかレンさん⁉』

『そういう約束だからな』

『でもレンさん忙しいし……えっと……』

そんな様子のアリサを見かねてメグが笑いながら言う。

『そんなに嫌ならウチが遊んでくるっすよ』

『ダメ！　レンさん！　お願いします！』

『おお……』

『仕方ないっすねぇ。せんぱーい。大会終わったらウチとも遊んでくださいよー』

それはまあおいおい考えよう……。

『明日、朝からいけるか？』

『朝から！　わ、わかりました！　じゃあもう寝なきゃ……ちゃんと準備したいし……えっと……』

アリサの独り言が始まる。

『レン、じゃあ今日は』

『ああ』

これ以上はアリサが何か変なことを言いそうなのでセツナが区切ってくれた。

何はともあれ明日は……。

「アリサをリラックスさせないとな」

明日のプランを改めて練りながら、俺も早めに眠りについたのだった。

■第15話　デート

「お待たせしました！　すみません！」

「いや、俺が早く来ただけだから……」

待ち合わせ場所に着いたアリサは……なんというか、めちゃくちゃ可愛かった。

「えへへ。通話ばかりだったから緊張しますね」

「そうだな……」

アリサの言う通り、対面で会うのは結構久しぶりだ。

そのせいなのかわからないがドキドキさせられる何かがアリサにはあった。

「ビデオ通話にしても私Vの姿で喋っちゃいますもんね」

「そういえばそうだな……」

その方が違和感がないというのもおかしな話だが、結構アリサとしての姿はよく見ている。

たまに顔出しでもやるから、抵抗があるとかそういうのじゃなく、なんとなく慣れでそうなってる感じだろう。

「それで……今日は……」

「夕方には帰らないとだろう？　近場でってなるとご飯食べてことかどうかなと思ったけど」

「猫カフェ！」

「動物好きか？」

「はい！　猫可愛いですよね！　飼いたいなと思ってたんです」

「おお……」

思ったより食いつきが良くて助かった。

「流石にあの部屋だと飼うには狭いかなって思ってやめてますが……レンさんもお好きなんですか？」

「まあ人並みには……？」

「よーし。楽しみです！」

良かった。

今日の目的はアリサの肩の力が抜けること……ということでサミクロから離れてもらおうかと思っての提案だったが、その目的は達成できそうだった。

「先にご飯にしようと思うんだけど……嫌いなものないんだよな？」

「はい！　何でも食べますー！」

楽しそうに言うアリサを連れてとりあえず食事に向かう。

サミクロの話になるかと思ったが、意外にも猫の話が思ったより盛り上がったのでそれどころじゃなくなってくれた。

◇

そして……。

「うわぁー！　猫がいっぱいいるー！」

入るといたるところで猫がくつろぐ空間が広がっていた。

ソファがあったりベンチがあったりするので好きに行き来するという仕組みで、猫たちもソファを陣取ったり漫画が置かれた本棚で丸まっていたりと自由に過ごしていた。

「見てくださいレンさん！　あの子ものすごく美人さんですよ！」

凛とした感じで優雅に歩く猫を指さしてアリサが言う。

ほんとに好きなんだな……。

「人に慣れてるのは当然として、慣れすぎてて特にこっちに来たりもしないな」

「それがいいんじゃないですかー。かわいー。あー行っちゃったー」

猫に相手されていないことを興奮気味に報告してくるアリサ。

騒ぐので余計に猫が離れていくんだがそれすら楽しそうだ。

「あ……」

「あっ！」

対照的に静かだった俺の膝に一匹、猫がやって来て丸まって寝始めた。

「えーいいなー」

「逃げられるのがいいんじゃなかったのか？」

「逃げられるの**も**、いいんです！　それはそれで羨ましい～。私も撫でたいです」

膝に乗った猫を何となく撫でていたら羨ましがられた。

「この子なら触れるんじゃないか？」

「いいんですか!?」

すぐアリサがソファの隣にやって来る。

これは……思ったより密着するな……。

アリサは気にする様子もなく俺に身体を押し付けるように預けながら、猫の方に恐る恐る手を伸ばす。

「わー。触らせてくれるー！」

猫はアリサの手を一回だけ見つめると、再びめんどくさそうに眠りについた。

　そこからはされるがままに撫でられている。

　つまり俺の方にもたれかかってきたままというか、何ならどんどん体重をかけてきていて……。

「アリサ……その……」

「ん？　レンさんも撫でたいですか？」

　だめだ気づく様子がない。

　胸が押し付けられるように当たっていてムニムニ動いているんだけど……。

　こちらから指摘するのも気が引けるので心を無にしてやり過ごすことにした。

「俺のことは気にせず好きにしてくれ」

「わーい」

　猫を撫でるアリサも可愛らしいな。

　ちょうどそんな感じで現実逃避を始めたところだった。

「んっ⁉」

　突然アリサが変な声を出して何事かと思ったら、俺のスマホのバイブが原因だった。

「ごめん」

「い、いえいえ！　というか私こんなくっついてたんですか⁉　すいません！」

　凄い勢いでアリサが離れ、それに驚いた猫も俺の膝から離れていった。

「あー、猫ちゃんが」

アリサが猫を追いかけてる間に一応何の連絡か確認しておこう。

メッセージの送り主は……。

「四谷アキ……さん？」

「――っ！」

「あ……」

しまった。

サミクロの話から離れさせようと思っていたのに。

「大丈夫ですよ。もうリフレッシュ出来ましたから」

「気づいてたか」

慣れないことするもんじゃないな……。

「ふふ。ありがとうございます。レンさんの言わんとしてることは伝わりました」

「ならよかったけど」

「で、何の連絡だったんですか？」

「ああ……」

気を取り直して確認する。

そこには……。

「今日の前夜祭の話か……なるほど……」

「どうしたんですか？　というか私が見ていい感じですか？」

「それはいいけど……」

アリサに画面を共有しながら内容を整理する。

「えっと……エキシビションの出場打診……コーチチームと解説者と参加者がシャッフルチームで参戦……めちゃくちゃ楽しそうじゃないですか！」

そもそも断れないか……。

まあ断る理由もないといえばないな。今さら目立たないというのも無理な話だ。

いい加減和夫と幹人にも誤魔化しきれなくなってきてるし……。

「どうシャッフルされるんだろうな」

「基本的にはチームでもランクの高い二人とコーチが参戦……で、参戦した人でその場でチーム抽選をする……誰と組むかはこの後次第ですね」

アリサが早く戦いたいとうずうずしているのがわかる。

サミクロから少し離そうと思ったが、なんだかんだ言って好きなんだなと思わされて笑みがこぼれる。

「久しぶりにサミクロ以外のことで夢中になったので、多分この後は頑張れますよ！」

心を読んだかのようにアリサがそんなことを言う。

「だから今日は、ありがとうございました！」

満面の笑みでそう言ったアリサを何となく直視できずに、顔を逸らしながら曖昧に返事をしたのだった。

■第16話　前夜祭

『どうだったっすかー？　デートは』

通話越しにニヤニヤした表情が想像できる声音でメグが聞いてくる。

『どうもこうも普通に出かけてきただけだ』

『最後は結局サミクロの話しかしてませんでしたもんね』

アリサが笑いながら言ったように、あの後はひたすらサミクロの、今日の話で盛り上がってたしな。

それだけ楽しみな話題だったというわけだ。

『色気がないっすねー。男女でお出かけしてるのに』

『シャッフル戦が楽しそうだったからな』

『それは確かに。ウチは出ないっすけど見てるだけでワクワクしますからねー』

『なんだかんだ言ってこのメンバーが敵として戦うってのもなかったもんな』

アリサとはタイマンで何度も戦っているとはいえ、バトルロイヤル中の戦闘とはどうしても違いが出る。

索敵、位置把握、選択肢の幅……。本番でのぶつかり合いは訓練場のタイマンとはまるで話が変わるのだ。

『でも、完全にランダムなシャッフルならとんでもないチームも生まれることもあるのよね』

セツナの言う通りだ。

『ＲＩＯはもちろん、ｓｅｎｏｕも参戦するからな……』

流石にｓｅｎｏｕはハンデを付けないと大暴れしすぎる。

プロの中でもトップオブトップなのだ。フルパワーで参戦したらメグのような初心者二人とやっても楽勝だろう。

『ｓｅｎｏｕさんは使っていい武器が五つくらいしかなくなるみたいっすね』

扱える武器の制限。しかもほとんどは使い物にならない、いわゆるゴミ武器だ。

とはいえ見たところ一本はぎりぎりながら実戦級の武器が残ってるから……。

『それでも強そうだな』

『ですよねぇ』

『あ……ｓｅｎｏｕはデュオ参戦らしいわね』

『デュオか』

周りが三人チームの中二人で戦う、となると大きなハンデではあるが、それで止まるほどｓｅｎｏｕは弱くないだろう。というより、今回の大会メンバーとの力量差がありすぎるのだ。

そういう意味ではいい調整と言えるが……。

『完全ランダムだとプロと組むこともあるんですよねぇ』

『流石にそうなったら……いやでも、かといってｓｅｎｏｕが戦力としてカウントしづらいことを考えるとある程度の人と組ませたいか』

武器制限とデュオという縛りしかないということは、ｓｅｎｏｕとＲＩＯをはじめとしたプロが組むことだってあり得るということではある。逆にほとんど初心者と組むこともあるが、どっちにしても可哀想なことになるな。

もちろん完全な抽選ってことにはしないだろうけど。

『あ、チームシャッフル、やるみたいっすよ』

公式の配信が始まる。

まずは俺たちに連絡のあった概要説明だ。

今回はキララやアリサなど注目プレイヤーに加え、国内で最も人気のＲＩＯ、世界的人気プレイヤーのｓｅｎｏｕなど、注目の組み合わせが多く、コメント欄も盛り上がる。

『ｒｅｅｅｎも名前、挙がってるわね』

『一応な』

俺も本当に一応、注目枠ということになっていた。

コメント欄にちらほら名前が挙がる。

『参加者一覧が出るっすね！』

『どのチームも誰がコーチと入れ替わるかだけですかね』

ほとんどはそうだろう。

ただ解説も参加ということなので主催に近いところで人数調整はしているっぽいが……。

『出たわね』

まずは参加者一覧、と言ってもこれはほとんどわかっていた内容だ。

目ぼしいところで言えばアンリアルチームの三人。コーチがいないので全員参戦だし、単純にファンが多く注目度が高い。

あとは現役プロのコーチ三人。その強さで注目が集まる。

解説の二人もプロ……ＲＩＯはその中でも人気で強いし、ｓｅｎｏｕは言うまでもない。

後はここまでで活躍が目立つ面々……。七瀬ねけぴ、真昼ノ雪鬼なんかはコメントが多いな。

そしてアリサと俺……か。

ほかにももちろんアンリアル所属ほどとは言わずとも人気企業勢や、元プロでストリーマーとして活躍するコーチ陣など、そもそも出ているメンバーそれぞれがみんなそれなりの注目を集める配信者たちだ。

『俺くらいじゃないか……自分で配信してないの……』

『やらないんですか？　チャンネルは生きてますよね。ｒｅｅｅｎさんの』

アリサの言う通りそうなんだが……。しかもこの大会期間中に何もしてないのにガンガン登録者数が増えている。

『配信かぁ……』

あんまり考えたことなかった……というか、やったらいよいよ和夫たちにバレるだろうな……。

『どの道今日明日では始めないだろうな』

『じゃあ大会終わったらコラボしましょうね！』

『あ、ずるいっす！　ウチともやりましょう！』

『私もやりたいわね。元々私はサミクロ配信多いし』

『……考えとく』

今考える余裕はないからな……。

『あ、チームシャッフルが始まりますよ！』

公式配信に目を向ける。

並べられた参加者の名前がそのまま画面上で混ぜられていくような形でチームが決まっていくようだ。

そういうアプリか何かだろう。

『おー？』

『これは……』

今さらだがアンリアルは最大手大企業で、その中でも星屑キララはアイドル売りの意識が強い。

男性との絡みを避けるためにわざわざコーチを付けないほどの徹底ぶりを見せたのに、ここでそれを崩すようなことはしない、というのに気づいた。

要はシャッフルと言いつつ運営側が仕込んでいるということだ。

おそらくキララだけは女子チームの縛りがあったんだろうけど……。

『私キララちゃんとチームなんですか⁉』

『ＲＩＯさんもって……最強チームじゃないっすか！』

『でもそれだけじゃないわね』

セツナの言う通りだ。

プロのチームに暗目ユイと……もう一人も経験豊富なチームリーダー、夜想といき。

他の二人のプロのチームにもいいプレイヤーが入ってるな。

露骨に仕組んでいる……といっても、実力的に下位のチームも面白い組み合わせになってはいる。

強さというよりは人間関係的な部分で見せ場がある組み合わせが多いので、特段コメント欄でも不満の声は上がっていなかった。

そして……。

『ｒｅｅｎも運営としては、目玉選手ってことね』

『いや……そういうことなのか？』

俺のチームメイトはｓｅｎｏｕ。

つまりデュオだ。

『よくよく考えたらｓｅｎｏｕさんについていけるプレイヤー、いないっすよね』

メグの言う通り、ちゃんと考えるといい塩梅なのかもしれないけど……。

『こうなると現役プロが入ってる五チームの争いになるのかしら』

セツナが言う。

コーチが三人と、解説のｓｅｎｏｕ、ＲＩＯ。

『ウチとしては先輩とリサちで頂上決戦やってもらえるのが楽しみっすねぇ』

『多分運営も、それを期待してるでしょうね』

公式配信にはｓｅｎｏｕとＲＩＯがいる。

落下地点としてあらかじめ決められたランドマークに皆降りるが、今回は普段のパーティーと異なるのでそこが緩くなる。

解説の二人が運営の四谷アキに誘導される形で落下地点を対角線上に反対に離した。

『他のチームもゲーム内コメントで希望地点を挙げていってますが……これはきれいに分かれそうですね』

アキがそんなことを言っている間に各チームの準備が完了していく。

俺のもとにも運営側からの連絡が来る。

ｓｅｎｏｕとの通話のための段取りだ。

「……こんな形で話すことになるとは……」

本来ならもう少しゆっくり話したかったところだが、仕方ないな。

むしろいい機会をもらったと思おう。

というかこれ……。

「ｓｅｎｏｕの配信に載るのか……？」

もしくはずっと公式に載るか……。

まあとにかく話してから考えるか。

『じゃあまた後でな』

『私もＲＩＯさんたちのほうに行きますー！』

『私も移動ね』

『はーい。ウチも配信でみんなを応援するっす』

　一旦それで解散となり、通話が切れる。

「……ふー」

　深呼吸。

　七年ぶりか……。

　何ならもうｓｅｎｏｕが俺なんかのことを覚えているかもわからない……というのは無理があるか。

　わざわざクリップを取り上げたくらいだしな。

「グダグダ考える余裕はないか」

　意を決して指定された連絡先に通話を繋げると……。

『久しぶり、ｒｅｅｅｎ』

　七年ぶりの声。

　配信はあれからも見ていたし、今回は解説として声も聞いている。

　だが……俺に向けられた声というのは七年ぶりだった。

『久しぶり……ｓｅｎｏｕ。えっと……』

『あー！　気にしなくていい！　またこうして会えた！　寂しくはあったけどね。わざわざ君とこの時間をもらうためにお願いしたくらいなんだ』

七年ぶりに話すｓｅｎｏｕは、あの頃と変わらなかった。

あのとき、まだ幼い子どもだった俺相手でもこうして敬意と親しみを込めて話してくれていた。

今もそれが本当によく伝わってくる。そんな声だった。

『それよりどう？　あの頃より日本語上手になったでしょ？　というよりあの頃、ちゃんと伝わってた？』

『伝わってたよ』

『ＯＫ。ならよかった。もっともｒｅｅｅｎは英語でも伝わるから楽だったけどね』

親の影響で簡単な受け答えは出来たし、何よりサミクロの用語がほとんどだったからな。

いざ話せると、色々言いたいことが湧き上がってくる。

言いたいことが多すぎて言葉がまとまらないし、それに……。

『ｒｅｅｅｎ、またゆっくり話をしよう。この連絡先はプライベートなものだし、これで君と僕はいつでも連絡が取れる』

ｓｅｎｏｕの言わんとすることはわかりやすい。

『目の前のお祭りに集中しようか』

『ああ』

戦闘面の連携は今更だ。やりながらでいいし、そのやりとりは七年前にも十分やった。

今必要なVTC前夜祭に向けての段取りを相談していく。

ｓｅｎｏｕチーム——俺たちの画面はやはり公式配信がほとんどメインで追いかけるらしい。

なのでしょうもないミスで落ちないようにだけは注意。かといって二人だからずっと隠れておくというわけにもいかない。

『いいかい？　僕は武器が縛られていてまともに戦えない。アビリティのために武器を持つから、索敵だけは出来るけどね』

サミクロはキャラクターに能力が設定されない。

武器を所持している間、一定時間ごとにアビリティが使用できる。

今回ｓｅｎｏｕが指定された五つの武器のうち、まともに使えるのは一定範囲の敵の位置をマップに表示するマシンガン、リブラくらいだ。

あとはまともな戦闘能力がない単発武器や、明らかにＴｉｅｒに入らない武器しかない。

とはいえそれでも、索敵して最低限の火力が出るリブラだけである程度戦えるはずだが

……。

『僕は指示に徹する。ｒｅｅｅｎ、君に暴れてきて欲しい』

『ＯＫ』

リブラだけで大暴れするｓｅｎｏｕだって絵になるだろうけど、ある意味では観客が一番求めるのがこれだ。

今回の大会に限って言えばキララとアリサのようなアタッカーが目立つ。

だがサミクロというゲームは本来、オーダーを出す司令塔こそ花形だ。

バトルのレベルがほとんど一定になるプロ同士で求められる能力は一瞬の状況判断で部隊の未来を変えるようなオーダーだ。

そしてこれは……。

『七年前と同じだね』

『ああそうさ。存分に暴れよう』

◇

『あの、えっと……火鳥アリサです！　よろしくお願いします！』

『お願いします。私は星屑キララ、アリサちゃんのことはよく知ってる』

『私も……キララちゃんはずっと見てました』

『……』

『……』

前夜祭で最も注目を集めるチームとなったアリサたちの顔合わせ。

緊張した様子のアリサと、こちらも基本的には引っ込み思案なキララのちぐはぐな会話が繰り広げられていた。

『遅れたわ。ごめん……なんだけど、何この空気？』

ＲＩＯが来たことでようやく会話が繋がる兆しが見えた。

『ＲＩＯさん！』

『はいはい。アンタはあとね。キララちゃんでいいのよね？　よろしくね』

『よろしく』

『さっそくだけど、明らかに二人ともアタッカータイプだし私は一歩後ろでオーダーを出す……んだけど、ついてこれるかしら？』

コメント欄はこのやり取りだけですでに情報過多に襲われ混乱状態になっている。

そもそもＲＩＯとアリサの交流が公になっていなかったのだ。

さらにライバル同士となっていたアリサとキララの会話。

そしてこのＶＴｕｂｅｒ大会においてＲＩＯの認知度というのはサミクロ界隈からは一段落ちる。

とくにキララの配信ではその登録者数の差を見てこのＲＩＯの態度に反発も生まれそうだったが……。

『ついて行く。遠慮しないで』

『私も……やります！』

『いいわね。このメンバーで負けるわけにいかない。しっかりついてくれれば、絶対に勝たせてあげるわ。あなた達の命、預かるわね』

そんな会話に加え、キララもアリサも配信画面にＲＩＯを映し出す。

テレビやＳＮＳで見たことあるという反応や、そうでなくてもこの容姿だ。一気に反発は抑え込まれる。

『さあ、行くわよ』

その他、プロチームをはじめそれぞれ注目される役割分担や顔合わせを済ませながら、一回限りのお祭りが始まったのだった。

◇

『右に二枚。詰めるよ』

『わかった！』

ｓｅｎｏｕの指示を受けて俺が動く。

相性の良さは七年前に証明済みだ。ｓｅｎｏｕのレベルが高すぎてオーダーのレベルを

こちらに合わせてくれるので動きやすいという話もあるが。

『やった。次はこのまま移動か？』

『いや、一度引くよ。大きく回らないとこの先に敵がいる気がする』

『なるほど』

世界トップの戦闘勘だ。何よりも大きな判断基準だ。

◇

『来ないわね……ここならカット出来ると思ったのに』

『ＲＩＯさん、そろそろ私たちも……？』

『そうね』

まさにｓｅｎｏｕが避けた移動先に待ち伏せていたＲＩＯ、キララ、アリサのパーティーも移動を開始する。

すでにｓｅｎｏｕ、ｒｅｅｅｎチームは道中で三部隊を壊滅させ、さらに一人のプレイヤーをパーティーから退場させたことで、デュオで十キルを稼いでいる。

対するＲＩＯたちは〝魔王〟キララが敵を蹂躙し、アリサがフォローに回る形で二部隊を壊滅。

乱戦で二キル取っており、部隊キル八。

最終的に勝った方が順位で有利とはいえ、こうなってくると観客の視線はこの二チームに集中する。

他のプロチームは安全に動くため、倒していても一部隊といった状況だ。

『あ、またｒｅｅｅｎさんのキルログ……』

『やるわね……』

『……ＲＩＯ、あっちに敵の気配』

『気配……ほんとだわ。すごいわねキララの嗅覚』

アリサは二人とプレイする中でキララとの差を痛感していた。

プレイスキル一つ一つもそうだが、何よりもこの嗅覚がキララには備わっているのだ。

ＲＩＯのような的確な確認作業のスピードがあるわけでもなく、キララのような力もない。

だが……。

『……アリサ、次は私が取るから』

『――っ！　負けませんよ！』

『チーム内でキルを取り合わないで欲しいのだけど……まあいいわ。アンタたちその方が強そうだし』

実はチームキル八のうち、半分の四はアリサが取っていた。

本人は気づいていないが、キララからすればアリサも羨ましい能力を持っている。

キララが広域に向けた敵の察知能力を有しているとすれば、アリサはごくごく近距離において相手の動く方向を読むのが上手いのだ。

いざ戦闘が始まれば強いのはアリサ。

キララとアリサの現時点の差は、単純なプレイ時間の差でしかない。

ゆくゆくどちらがアタッカーとして優れていくかと考えれば……キララがアリサに嫉妬するのも無理のない話だった。

『にしてもアンタたち、二人とも同じよね、目指してるものが』

移動中、ＲＩＯがそんなことを言う。

『目指してるもの……？』

アリサからすればキララとの間にはプレイヤーとして以上に大きな大きな壁がある。

だというのに、と思っていたが……。

『私も、ｒｅｅｅｎを見て覚えた』

『やっぱり……全員あいつの影響を多かれ少なかれ受けてるわけね』

アリサがようやく会話に追いつく。

目指しているもの。確かにそれは全員、ｒｅｅｅｎの、それも全盛期の姿だ。

『憧れたままじゃそこで成長が止まるわよ』

『『――っ！』』

『いい機会じゃない。今日あいつをぶっ飛ばして、あんたたちは晴れて新しい道を進めばいいわ』

ＲＩＯはそう言うと、さらに移動速度を速めて敵陣へと突っ込んでいく。

『オーダーって言ってるのにどうして一番先頭なんですか!?』

『アンタたちが遅いのよ。ほら、もう突っ込んでいいわよ。私がフォローするから』

ＲＩＯがアサルトライフルを構えると同時、見えた敵の体力が半分以上削られる。

『すご……』

アリサが感心している間に……。

『一枚、取った』

『ええ!?　もうキララちゃんあんなところに!?』

突っ込んでいい、と指示を受けた次の瞬間には、相手の建物に飛び込んでいったキララ。

まだＲＩＯと同じ位置で撃ち合いをしていたアリサもあわてて建物に入っていく。

『キララさん！　こっちに二枚ともいます！』

『わかった……けどもう終わってる』

遅れてきたＲＩＯによって相手部隊は全滅していた。

『キララは前に出すぎね。私とアリサだからカバーできるけど多分本番はついてこれないわよ』

『ん……』

『で、アリサ……。アンタは遠慮しすぎよ。憧れるなら憧れ切りなさいよ』

『憧れ切る……?』

『reeenなら今のファイト、キララより前のめりに行くでしょ。キララを止めた理由はアンタより連携が取れるからで、アンタは連携無視して突っ込んだ方が強い。今は真逆になってるけど、その分二人とも中途半端ね』

RIOの言葉にそれぞれの配信コメントも反応が増える。

ほとんどは内容を理解していないが、このアドバイス、キララに対しては今回の大会のためのものだったのに対して、アリサにはその先の話をした。

この違いは関係性によるものなのか、RIOにしかわからない二人の差なのか。

少なくともキララにとって今のアドバイスは、火をつけるのに十分なものだった。

『あっちに、いる』

『いるって、わかるんですか!?』

『そんなアビリティこのゲームにはないわよ。でもそうね、いそうよね……あそこに』

キララのこれまでの勘を思えば、そしてRIOの経験を思えば……。

『行きましょう！』

疑う余地はなかった。

◇

『さて……この場所は少しゆっくりできるね、本来は』

ｓｅｎｏｕが建物の中で言う。

特にやることがないので好き勝手動いているんだが、その手癖だけの動きがとんでもないものなのだ。

『本来は、ってことは、今回は違うのか』

『そうだね。今の安地でどのパーティーもここは通らない。それに僕らと積極的に戦いたいなんて思うプレイヤーは多くない。いつも通りにいくなら、このまま次の安地収束を待って移動すればいいだけだけれど……』


――パリーン！

『――っ！』

『来たね。お客さんだ』

建物は小さな小屋のようなものだ。その窓が割られる。

すでに敵はすぐそばまで来ているということになるが……。

『これまでと同じだｒｅｅｅｎ。相手は三人。こちらはほとんど君一人。全員にフォーカスされてしまえば流石に勝ち目はないよ』

ｓｅｎｏｕが言う。

一時避難場所でしかないこの場所すら、そういう戦いを想定して準備している辺りが流石だ。

『さあｒｅｅｅｎ。暴れておいで。幸い僕は武器が役に立たない分、君の分まで弾を運べるからその点は遠慮しなくていいよ』

そう言って差し出された物資を預かりつつ、ｓｅｎｏｕの声を聞きながらすでに敵を探し始めていた。

窓を割った方向から敵の動きをイメージする。

小屋になだれ込まれれば終わりだ。せめてその前に一枚くらいは落としておかないと……。

そう思ってイメージした方向に視点を向けると……。

『速い⁉』

すでに一人、もうこちらの目の前まで飛び込んできていた。

咄嗟に射撃ボタンを押す形になったが、速さ故シンプルな動きだったのでほとんどまるまる攻撃が入った。

だがそのまま取らせてくれるほど相手も甘くはない。

『今の……ｒｅｅｅｎステップじゃないか』

ｓｅｎｏｕに言われて気づいたがそうだ。一応それなりに技術のいるキャラコン。実際今もこれがなければワンマガで取り切れていたことを考えると……。

『やっぱり強いな……キララ』

このゲームはアバターが見えるためすぐに相手のことがわかる。

相手もそう、俺たちだとわかって突っ込んできたはずだ。

『ｒｅｅｅｎ、一旦屋上だ』

『ＯＫ』

世界最強の頭脳と俺のプレイスキル対、同世代最強との呼び声高いＲＩＯ率いる今大会の二枚看板チーム。

『勝負だな、アリサ』

一気に距離を詰められたため屋上は一時安全。

ｓｅｎｏｕも最低限の武器で、最低限以上の結果を出す。

単純な撃ち合いならこちらに分があるが……。

『素晴らしいね、彼女』

『褒める余裕があるのか⁉』

『あはは。ソーリー。でも戦うのは君だからねぇ。僕はどうしても少し気楽になっちゃうよ。ああ、ｒｅｅｅｎ左に二歩ずれて。その位置は危ない』

この状況でまだ雑談交じりなところが恐ろしい。

ＲＩＯは最後方で様子を見るポジションだ。頭一つだけ出してｓｅｎｏｕと撃ち合いをしているが、絶対ダウンまではいかないだろう。

突っ込んでくるアタッカー二人を俺が取れるかという、そういう勝負だ。

『さっきのダメージは回復してるだろうし、二人に合わせられるとまずいから……』

こちらから仕掛けたい、そう思ったところだった。

『グレネードを投げたよ。多分当たるはずだ』

ｓｅｎｏｕが言う。

次の瞬間には俺は飛び出していた。

『流石……！』

キララはグレネードが直撃して体力を一気に半分削られる。

アリサも無事ではなかったようだが……。

『まずアリサだな！』

　キララは下がれるなら下がりたいはず。うまく射線を外しながら、ほんの数秒、アリサと撃ち合う時間を作る。

『いくぞ……』

　これまで何度もタイマンはやってきた。

　対戦成績はこちらが九割以上勝利を収めている。アリサもそのことはよくわかってるわけだ。

『今までのアリサなら……』

　あくまでチームで勝つために俺の体力を少しでも削ればいいという撃ち方をしてきたはず。

　だが今回は……。

『正面衝突か！』

　使う武器は同じ近中距離用のマシンガン、アンタレス。

　シンプルゆえに強い汎用武器の一つだ。

　飛び込んでくると同時、しっかりエイムを合わせて俺のいた場所を正確に撃ち抜いていた。

　アリサの反応は手に取るように想像出来るが……。

『今回はちょっとでもダメージを食らいたくないからな』

持っていた武器を入れ替えてアビリティを使った。

中距離用アサルトライフル、カメレオン。

相手に一瞬幻影を映し出し、俺の動きをかく乱する。タイマンではもちろん、これまでアリサの前で使うことはなかった武器だからな。

隙は一瞬とはいえ、この距離でその隙は致命的だ。

すぐにアリサのダウンを奪うと、すぐキララの隠れている岩陰にスライディングで飛び込む。

スライディング方向と逆にジャンプして当てられにくい動きはしたはずだが、それでもキララはしっかりエイムを合わせてくる。

だが……。

『火力勝負ならこっちの武器だからな』

キララの持っていた武器は瞬間火力は最強のショットガン、アルデバランだったが、DPSはこちらの方が上だ。

何とか倒しきって状況を確認すると、ｓｅｎｏｕもＲＩＯを牽制し続けてくれていた。

『回復したら二人で行くよ』

『ああ』

流石のＲＩＯでも、ｓｅｎｏｕがアシストに入った状態では俺に撃ち勝てない。

あっさりＲＩＯも倒した後は……。

『行くよ』

楽しそうなｓｅｎｏｕについていくだけで、特段大きな障壁もなくチャンピオンを取るに至ったのだった。

■第17話　満を持して

『いよいよっすねー』

『緊張します……』

大会当日。

本番は夕方からということで、最後の調整でその前に何戦かやっていたが……。

『アリサ、楽しんでな』

『はい！』

前夜祭はいつも通りの練習カスタムもあったが、ほとんどエキシビションの遊びだったからな。

あのときくらい力が抜けてる方がアリサはいいんだろう。

逆にキララはシャッフル戦のあと調子を落としていたが、本番に覚醒するタイプだ。

普通に行くとまだ勝てないけど……善戦はして欲しいな。

『頑張れよ』

今日の俺は試合の合間に口を出す程度、あとは見学だ。

『はい！　昨日のｒｅｅｅｎさんを見てみんなやる気十分ですからね！』

『昨日か……』

昨日はあの後、優勝者インタビューという形でｓｅｎｏｕと少しだけ公式配信で喋ることになった。

緊張したがアキのトークがうまいのと、ＲＩＯとｓｅｎｏｕも知っている仲だったこともあって何とか話は出来たんだが……。

『ウチらとやろうって言ってたのに、先にあっちで約束してましたねー』

拗ねたようにメグが言う。

そう。公式配信で俺は自分のチャンネルの復帰と、その第一弾配信としてＲＩＯとｓｅｎｏｕとコラボを行う、と宣言してしまっているのだ。正確には宣言させられた。

『私たちともしてくれるんでしょ？』

『えっと……まあ……』

『約束っすからね！』

そんな会話を挟んで、大会に気持ちを切り替える。

とはいえ俺はやること少ないんだが……。

大会は試合が終わればすぐに次の試合だ。そのわずかな時間で軌道修正をしていかないといけないんだが……。

「俺に気負いすぎるなって連絡が来るとは……」

アリサに俺が言おうとしていたセリフをそのまま涼に言われている。

初めてのコーチでうまくやれると思うなと言われているし、俺も気負いすぎずに、三人が後悔しないように頑張ろう。

ルールの確認が終わり、あっという間に一戦目の準備が完了する。

『よしっ！　行ってきます！』

『頑張るっす！』

『応援よろしくね』

これ以降、俺はミュートで三人にアドバイスは出来ない。

後は皆を信じるしかないか。

◇

『メグ！　そっちにいるけど大丈夫⁉』

『わっ！　えっと……』

『すぐ行くから！』

一戦目、ここまでを見ている感じ……。

「まずそうだな」

アリサの動きが硬い。

いやメグもセツナもそうなんだが、アリサが一番目立つ。おそらく本来の力が大きいからギャップが目立つんだろうな。

わざわざメグの方に走らなくても、いつもならその距離で相手を引かせるエイムを発揮するんだけど……。

『アリサ！　そっちダメ！　別パ来てるよ！』

『えっ……あっ……』

流石にアリサの実力が突出していても囲まれれば保たない。

一戦目は比較的あっさり、八位という結果で終えたのだった。

◇

『お疲れ様』

『うぅ……やっちゃいました……』

『まあ、順位ポイントは付く位置で良かったよ』

なんだかんだでも八位だからな。

とはいえ……。

『あ、キララちゃんが一位だ』

『やっぱ強いっすねー……』

本番を迎えたキララはやはり強い。

なんなら何か昨日までより鬼気迫る強さだったからな……。

もはや一人で三人を相手にしても安心して見ていられるくらいに実力が抜きん出ているのだ。

ちょっとレベルが違いすぎる。

今あれと当たっても勝てそうにない。

『二戦目は最終安地での戦いまでは行きたいな』

混戦に持ち込めばキララも倒れる可能性がある。正面から当たるよりまず、状況的に不利にならない順位に付けておきたい。

『わかりました！』

俺が喋れる時間はわずかだ。

すぐ二戦目がスタートした。

◇

『え……これ……』

　ゲームが始まって早々の出来事だった。

「キララがやられた……？」

　キルログが流れアンリアルチームの敗退がアナウンスされる。

　しかもこれは……。

「順位ポイントもない十五位くらいか」

　これはチャンスだ。

　どのチームもそう考えたんだろう、キルログの流れが速くなる。

『あっち敵が見え——え、もうリサちそんなところいるんすか⁉』

　あっさり一人、孤立していた相手をアリサが倒す。由宇霧……さっきの試合は結構上位にいた相手なんだけどな。

　こうなるとアリサを中心に常にキルムーブで戦ってきた経験が活きる。

　他のチームが変に前に出るのでいつもより刈り取りやすいのだ。

『いける……！』

　セツナもそうつぶやいて、目標通り最終安地の局面を迎える。

残りの部隊は自分たちをいれて三つだが……。

「こればっかりは運がなかったか……」

見ている側からすれば仕方ないと割り切れるくらい、最終円の位置が悪く、アリサたちは三つ巴の戦いにあっさり敗れる。

位置が不利過ぎたからな……。

『悔しいー！』

『お疲れ様』

終わってすぐ通話を繋ぐ。

『悪くはなかった。最後のは運だし仕方ない』

『私がもっとカスタム慣れしてれば……最後の場所取りも……』

セツナが言う。

まあそういう要素もあるにはあるんだが、今すぐどうにかなるわけじゃないしな。

『次も同じことをすればいい。とにかくずっと、最後まで残り続けるのが大事だから』

大会本番だ。二戦目はちょっと特殊な状況になったが、練習カスタムの時よりどのチームも慎重になる。

変なミスで順位を落としたくないからな。

最後まで残っていたこともあっていつもより準備時間もないままに三人を送り出す。

そして……。

「アンリアルチームは大丈夫か……？」

三人を送り出してから気になって配信を覗きに行くと……。

『流石に乱戦突っ込みすぎたかぁ』

『ごめん』

『いい、いい。キララは好きに動いて。やばい時止められなかったらこっちのせいでいいよ。大会初めてなんだし』

『……』

『というか、キララ、狙いに行ったでしょ？　アリサちゃんたちのチーム』

『…………』

『黙って誤魔化すなー！』

『私が倒したかった』

『はぁ……。気持ちはわかるけど、それで私たちが早く落ちてたらダメじゃん』

『うん……気をつける』

『というかキララ、なんか焦ってた？』

『そう……かも』

『焦ってたというより……さっきの試合もそうだけど、キララのスピードが速すぎてついていけなくなっちゃってるかも』

空色カスミが言う。

最初はほぼ未経験だったが、別ゲームの経験を武器にすでに上級者に近い実力を持つようになったカスミをしてついていけない理由は……。

『昨日のプレイは忘れてね。あの二人はちょっと、追いつける範囲じゃないから……』

ユイが言う昨日のプレイ。

まあそうか。影響は受けるだろう。

なんせ昨日組んでいたのは日本で今一番注目されるプロと、今大会でキララと並ぶ圧倒的なパフォーマンスを残すアリサなんだ。

『ん……』

『なんかそれ以上に焦ってるような……まあ私も頑張って合わせるね！』

配信の様子はざっくりこんな感じだった。

なるほど……。

「昨日のパーティーでやったスピード感じゃきついか」

とはいえ後で配信を見返したところ、涼からそうならないように、と伝えられているはずなんだけどな。

まあなんせ、今ので比較的ポイントは近くなった。

のだが……。

◇

『また負けました……』

『そしてまた、キララちゃんたちが一位、ね……』

キララたちは極端な成績だが、こちらは割と安定しているのが救いだろうか。

『最後、キララちゃんを意識しすぎて他のチームにやられちゃいました』

『だな』

順位は五位。

最終局面までは残っていたが、その中で最初にやられるという形になった。

さらにキララのチームはこの試合でポイントを大量に稼いだ。

順位ポイントはともかく、トータルのポイントで、もはやキララたちを止めることはかなり難しくなったと言える。

『また二戦目みたいに序盤でやられてくれるといいんだけど……』

『でもキララちゃんたちっすからねぇ……』

メグの言う通り、おそらくもうそのミスは期待できないだろう。

その上で、アリサはこう言った。

『私に考えがあります』

◇

『おーっとこれはー！　なんとアリサ選手たちは安地を無視して進んでいく！　その先にいるのは……アンリアルの三人だー！』

実況するアキが興奮気味に叫ぶ。

そう、アリサは全五試合のうち、四戦目のここで勝負をしかけたのだ。

『どう見ます？　ＲＩＯさん』

『まあ優勝するならここでってのはわかるけど……ちょっとリスクが大きいわよね』

涼の言う通り、無理な動きのせいで物資はいつもより弱い。

その状態でアンリアルチームと直接対決となるわけだ。

『この動き、キララ選手はわかってるみたいだね』

ｓｅｎｏｕが言う。

公式配信もキララたちのものに切り替わる。

『迷いなくアリサ選手のとこ向かってるねぇ』

アキが言った通りだ。

『これほんと、羨ましい能力よね』

『ＲＩＯさんが羨ましがるほどですか⁉』

『こんな野生の勘みたいな……昨日ｓｅｎｏｕさんもやってたみたいだけど』

『あはは。なんとなくわかるよね。どっちに敵がいるか』

『とんでもない話ですが実際キララ選手はそれがわかってるような迷いのない動きですからね』

『そろそろぶつかるね』

ｓｅｎｏｕが言った通り、正面から両チームが近づいていく。

『さて……どう見ますか？』

『ここまでの対戦成績で考えればキララ選手だよねぇ。でも最新の情報はＲＩＯ選手の方がわかるかな？』

『そうね……今日のキララは暴走気味だから』

『暴走なんですか⁉　こんな勝ってるのに』

アキが驚く。

戦績でいえばここまで三戦で二回勝ってるのだし、キル数も部隊、個人ともトップだからな。

『キル数、練習より本番の方が上ってのもおかしいし、そもそも今だって普通ならアリサの方に行かないわよ』

『勝つだけならそうだろうねぇ』

『明らかに昨日の試合からアリサを意識しすぎね』

『あはは。それはＲＩＯ選手のせいなんじゃないのかな？　見たよ昨日のアーカイブ』

『別に向き不向きの話をしただけじゃない』

『でもあれは堪えるよ。ｒｅｅｅｎに憧れた三人で誰が一番ｒｅｅｅｎに近い才能を持ってたかって話なんだから』

「――っ!?」

突然名前が出て来て焦る。

『そういえばそうなんだよね。三人ともｒｅｅｅｎ選手の影響を？』

『受けたわ。その点では私が一番才能がなかったのだけど』

『でも唯一のプロだからねぇ』

『もっと言えばｒｅｅｅｎ本人がプロじゃないからねぇ。早くこっちに来て欲しいのに』

ｓｅｎｏｕが笑いながら言う。

気軽に言ってくれるしコメント欄もそのせいでそこそこ盛り上がりを見せるが……。

『おーっとここでぶつかった！』

両チームが建物を陣取って撃ち合いが始まる。

『このまま時間が経って嫌なのはアリサたちね』

『そうだねえ。ポイントが欲しくて来たんだから……』

そうｓｅｎｏｕが言った瞬間……。

『アリサ選手行ったー！』

中距離の撃ち合いを一瞬制したアリサが瞬時に相手の建物にグレネードを投げ入れて飛び込んでいった。

セツナとメグもしっかり追いかける。

『さあ対するアンリアルチームはやはりキララ選手が行く！』

突っ込んできたアリサに的確にエイムを合わせるキララ。

何発か撃ち合った後、遮蔽に隠れたアリサだが……。

「あ……」

一瞬の判断だった。

遮蔽に隠れてお互い回復かと思ったところで、アリサが飛び出して奇襲を仕掛けた。

『おー！　これはいったか⁉』

アキの興奮した声が響く。

アリサの撃ち込んだ弾は見事にすべてキララに命中し……。

『いったー！　アリサ選手、キララ選手を粉砕！』

その言葉と同時だった。

『あーっとこれはー⁉　カバーが早い！　アンリアルチーム、アリサ選手を逃がさない！』

暗目ユイと空色カスミがすぐさまアリサを捉えた。

セツナとメグもすぐに応戦したが、アリサはキララとの対戦でダメージを負いすぎている。あっさりダウンを取られて二対二。

あとは二人がどれだけやれるかだが……。

『ユイ選手一旦距離を置く！　これはキララ選手を復帰させるのか⁉』

アビリティを使い一定時間攻撃が届かないシールドを展開し、すぐにキララの回復に向かう。

時間はかかるし蘇生中は無防備になる上、蘇生されたプレイヤーの体力はほとんどないところからなので通常なら二対二で戦うシチュエーションだ。

だからこそセツナとメグは戸惑って一瞬判断が遅れる。

『キララ選手復活！　アリサ選手の復帰にはあと二秒だが……あーっと、復帰したキララ選手強い！　蘇生を阻止！　アリサ選手復活できず！』

やられたな……。

これについてはユイの判断が良すぎた。

二人は攻められないし、もう終わりかと思ったが……。

『おー、二人の判断も早い。すぐさま逃げます』

アリサがやられて二人が取った行動は即逃げだった。

幸い変なルートで向かっていたことが幸いし、逃げ道の方向は安地だ。

とはいえ……。

『うわー、キララ選手強すぎる！　一瞬でセツナ選手の体力を溶かしていくー！』

ここでセツナは逃げることを諦めて反転。アサルトライフル、アリエスを構える。

ユイが使ったのと同じ武器だ。同じアビリティを展開し、それ以上の追撃は防ぐが、時間稼ぎにしかならない。

だがその間にメグが戦場を離れて逃げ切った。

『セツナ選手のアビリティがなくなった瞬間〝魔王〟キララ選手が襲い掛かるー！』

あっという間にセツナが溶かされたが……。

「メグは逃げ切ったか？」

キララたちは周辺をしばらく探したがメグは見つからず、安地収束に合わせて移動を開始する。

一人になったメグに勝ち目はないが、それでもチーム順位を一つでも上げることが最終戦に繋がる。そういう意味では……。

「ＲＩＯとの練習が活きたか」

メグには今出来ることをという意味でシチュエーションごとの最適な動きを叩きこんでくれたからな。

以前なら逃げ切るのは難しかっただろう。

そのまま何とメグは三位まで順位を伸ばし、アンリアルチームも今回はポイントを大きく稼ぐことなく、四戦目終了時のポイント差はギリギリながらも逆転が見える範囲になった。

◇

『二十八ポイント差っすねぇ』

『順位だけじゃだめだな』

『いつもより積極的に行く必要がある……』

アリサたちとの最終戦前のミーティングは若干悲愴感の漂うものになりかけたが……。

『でもメグのおかげで何とかなる範囲だよ！　すごかったよー、あのハイド』

『二人がアドバイスしてくれたおかげっす！』

アリサが空気を変える。

『最後はもう、私たちは倒しまくって一位を取るしかないし、他のチームのことも意識しなきゃいけない点数だからさっきみたいなこともできない』

アリサが言う。

『やることがわかりやすいし、やれるだけやろう！』

あくまでも前向きで、明るく。

初戦こそ硬さがあったが、これなら大丈夫だろう。

俺が言うまでもなく、今のアリサは一番大切な部分が意識出来ている。

『楽しんで来いよ』

『はい！』

◇

『アリサ選手の快進撃もここまで……！　最後はやはりキララ選手でした』

最終戦。アリサたちは本当に快進撃と言っていい活躍を見せていた。

二十チーム六十人。その約半数である二十八のキルを稼ぐ大暴れを見せた。

ポイントは人数分がそのままポイントになる。

キララ達との間にあった点数差は埋め切ったんだが、もちろんこれはキララたちがポイントを伸ばさなかった場合、だ。

最終戦でもポイントを伸ばしチャンピオンを取ったキララたちにはやはり及ばなかった。

「まあ十分健闘した……な」

コーチとしてもっと出来た部分があったんじゃないかとか、悔しさとか、色々思うところがないわけではない。

ただ多分最初に三人が掲げていた目的、知名度を伸ばすという点に関して言えば、この大会で十分達成出来ただろう。

それが救いだった。

『悔しい～！』

通話が繫がった途端アリサが叫んだ。

『もう配信終わったのか？』

『はいー。この後はインタビューされたりするらしいんで待機ですが、枠は一度閉じました』

『私も終わらせてきたわ』

『ウチもっすー。すみません……もっとウチがついていければ……次までに練習しとくっす！』

『そうなると次はランク制限に引っかかりそうだな』

『あーそうでしたー。でも強くなりたい……！』

元のランクを考えればメグも相当活躍しているのだ。

四戦目なんか特にメグのおかげで順位を伸ばしたわけだしな。

『メグは強くなって大丈夫よ。次回はちょっと、アリサが難しい気がしているのよね』

『え！　なんでですか！』

『MVPはサミクロストリーマーコンテスト《SSC》への招待状になるでしょう？』

『それはそうだけどMVPは……』

アリサが言う通り、普通に考えればMVPはキララだろう。

だが招待という点を考えれば怪しいところがある。

『キララはこの大会が最初で最後って宣言してたからな』

『そういえば……でもちょっと、この活躍じゃ放っておかれないんじゃないですか？』

それも難しいところだった。

当初、キララはあくまでアイドルとしての売り方を重視するためにそういう選択をしてきた。だが流石に今回の活躍は、サミクロを知らなかったキララのリスナーにも、もっと見たいと思わせるだけの力があった。

『ちょうどその話じゃないかしら』

優勝者インタビュー。

順位が低いところから話を聞いてくるのでうちのチームとキララのチームは最後だが、四谷アキを中心に解説組の話題はすでにMVPに向いていく。

『さて今回の大会、お二人の個人的なMVPは誰でしたか?』

『やっぱりキララ選手は強かったよねぇ』

『そのキララ選手に唯一勝ち切ったのがアリサ選手ですよねぇ。やっぱりこの二人に?』

『普通に考えればそうでしょうね』

視聴者たちの気持ちも一緒だろう。

そしてその二択であったとしても、チームの結果、個人の結果、そして人気のどれをとっても、キララに軍配が上がるだろう。

『SSCの出場権がかかってるんだったかしら?』

涼が俺たちと同じ話題を出した。

『そうそう。今集計を取ってるところだけど、今回はちょっと活躍した人が多いしMVPに限らずそういう話になると思うよ。むしろSSC側から今回は要望が出ているからね』

『へえ……』

SSC。

トップストリーマーたちの大会、ということでほとんどがプロ、元プロによる大会だ。若い選手にとっては事実上プロへの参加券とも言えるものだ。

要望が出てるってことは……キララだけじゃなくアリサも呼ばれる可能性はある。

『聞いたっすか⁉　リサちも声かかるかもっすよ！』

『ええ⁉』

そうなればアリサにとっては夢への挑戦権を得ることにはなるか。

『私たちもインタビューされるし聞いていきましょうか』

『そうっすね』

二人は気楽に、だがアリサだけはそわそわしたまま、公式配信を三人と聞くことになったのだった。

◇

『さあ！　いよいよMVP発表ですが！　今回は同時にSSC主催者から招待を受けた選手もここで発表しようと思います！』

四谷アキが高らかに宣言する。

結局順位インタビューは当たり障りなく終わり、むしろ個人賞の話がメインという勢いでここまで来ている。

いや、個人賞についても特に、誰も異論のない結果だからもったいぶる様子もなかった。

『ＭＶＰは……星屑キララ選手ー！』

番組の構成上タメが入るが短い。

それだけわかっていた結果であり、ここからの発表の価値が大きいということだ。

『そして同時に発表しましょう！　ＳＳＣ招待選手は、ＭＶＰの星屑キララ選手！　さらに今大会大暴れした準ＭＶＰプレイヤー、火鳥アリサ選手ー！』

公式配信でそう宣言された途端、通話越しにメグの声が響く。

『やったー！』

『うぇ⁉　えっと……いいのかな？』

困惑、という感じで喜びが先行していないな。

冷静なセツナがアリサに言う。

『アリサは今回の大会でサミクロプレイヤーとしての認知度が一気に上がったし、登録者もすごく増えたでしょう？』

『そういえば……』

本来の目的はこれなんだが、もう途中から勝ちたくて仕方なかったみたいだからな。

『十万で壁にぶつかったとか言ってたのに、倍増したっすからねぇ』

そうなのだ。

この大会期間だけでの倍増。それだけこの大会、というか……サミクロの影響力が大きい。

　サミクロ配信で集まった登録者、ということを考えればそのまま上位大会に進出するのは間違いじゃないだろう。

　それに……。

『アリサはプロでやりたかったんだろう？』

『それは……』

『登竜門と言える大会だし、挑戦していいと思うぞ』

『それは……レンさんがまだコーチしてくれるってことですか!?』

『え……』

『そうよね。ここで乗せておいて突き放したりしないわよね？』

　あれ……。そういう話になるのか……。

『忙しいっすねぇ？　配信もしないとっすし、ウチらとも順番にデートしないとですし！』

『それはなんかおかしいだろ!?』

　メグが引っ掻き回す。

　とはいえアリサに関しては……。

『プロで活躍したいなら、コーチは俺じゃ足りない可能性がある』

『それは……』

プロへの道はアリサ自身が追い求めてきたのだ。

俺が言うまでもなく、それはわかっているだろう。

『だから、俺も競技に復帰する』

『え⁉』

『配信だけじゃなく……ってこと？』

『ああ』

完全に熱に当てられた部分がある。

七年ぶりの世界トップ、ｓｅｎｏｕとの共闘。

国内トップの注目度を誇るＲＩＯとの戦い。

アイドルＶＴｕｂｅｒながらプロを唸らせる星屑キララという逸材。

さらにはこのわずかな期間に全力でぶつかって成長を遂げたメグや、みんなを支えたセツナ。

色んな刺激があって、色んな思いと触れ合った。

キララとアリサ以外の参加者も、全員が全力でなければここまでの熱量にはならないのだ。

そしてその中心には、アリサがいた。

きっかけをくれたアリサに言われて、実力不足で出来ませんじゃカッコ悪いだろう。

とはいえ……。

『コーチというよりは、同じ競技勢として一緒にやっていくことになると思う』

『一緒に……』

『なるほど。確かにアリサだって、本当にｒｅｅｅｎにやって欲しいことはコーチよりそっちよね』

セツナが上手くまとめてくれた。

『私、頑張ります！』

色々言おうとして、結局なぜか泣きそうになりながらアリサが言った言葉は、非常にシンプルで……。

『ああ、一緒に頑張ろう』

何より気持ちのこもったものだった。

■エピローグ

「ええ!?　これ本当ですか!?」

後日。

打ち上げということで集まることになり、アリサがうちに来ていた。

皆の強い希望により会場はなぜかうちなのだ。

すでにセツナとメグもいるんだが、今二人はキッチンの方にいてリビングは俺とアリサだけだ。

「なんだ?」

「ほら!」

グイッと身体を近づけてスマホの画面を見せてくる。

相変わらずリアルの距離感がおかしいというか無防備で気が気じゃないんだが、今回は画面の内容の方に意識を持っていかれた。

「え……?」

「うわー！　先輩やばいじゃないっすか！」

俺の反応が追い付く前にメグがキッチンから走り込んできた。

「メグ！　そっち行くなら一つくらい運んで！」

「わー、ごめんっすー」

トレーに食べ物や飲み物を載せてやってきたセツナがメグを軽く叱る。

表情は柔らかかった。

「ほんとに全部やってもらってごめん」

「いい。私がやりたかったから」

本来は家主がやるべきことだが、何もないうちにわざわざ高そうなケーキやら紅茶を持ってきてくれたセツナが自分でやると宣言したため引き下がったのだ。

ケーキも紅茶も俺がやってぐちゃぐちゃになるのは避けたかったから仕方ない。仕方ないと思おう……というかそんなことより……。

「キララちゃん、次の大会も出るって！」

アリサが叫ぶ。

そう。そこまでならいい。いいんだ。

「ただし……チームにｒｅｅｅｎが入ることが条件……ね。何か言われてたの？」

「いや……全く……」

大会期間中の前夜祭ですら徹底して男性との絡みを避けたキララが、自分からこの宣言をしたのだ。

影響は計り知れず、応援と反対でＳＮＳはとんでもないことになっていた。

「どうするんですか⁉　レンさん！」

「どうする……って言われても……」

何も聞いていないし今は考えられる状況にない、と思ってたんだが……。

——ピンポーン。

「あ、ＲＩＯさんですね！」

アリサが反応する。

今日の打ち上げには涼も呼んでいた。

正確には呼ばされた。メグが「絶対呼ばないと後が怖いっすよ」と言うから。

その意見には同意だったので特に反対もしなかったんだが……。

「あれ？　ＲＩＯさん、一人じゃないですね」

インターホンのモニター越しに見える人影は、確かに一人だけではなかった。

「まあとりあえず開けてくるよ」

玄関まで出迎えに行って確認しに行くことにする。

そして……。

「こんにちは。飛び入り参加もいるのだけど、いいかしら?」

「飛び入り……」

涼の後ろに隠れ、服のすそを引っぱってなかなか顔を出さない小柄な少女。

この場に呼んだという涼の判断を考えるに、その正体はほとんど絞られる。

「もしかしてだけど……」

「ほら、自分であいさつくらいしなさいよ」

無理やり涼に背中を押され、俺の前にやってきた少女は、前髪で顔を隠したままこう言った。

「あ、あの……。星屑、キララ……です。あぅ……ｒｅｅｅｎさん! 私と一緒に……一緒になってください!」

「えぇぇえええ!?」

キララの言葉に家の中からやってきたアリサが変なトーンで叫ぶ。

「言い方が紛らわしいのよ……。見てるわよね? これ」

涼が見せてきた画面には、今まさに俺たちが話題にしていたキララの宣言があった。

「あんたに憧れて始めたサミクロだから、どうせならってね」

「あぅ……」

引っ込み思案と聞いていたが想像以上だったキララの通訳を涼がしてくれる。

「とりあえず、玄関で立ち話もあれだし入ってもらったら？」

「そうっすね！　良かったっす、余分にケーキ買っておいて！」

セツナとメグが誘導してくれて、何とか家に二人を上げる。

先に皆を部屋に送り出し、俺は玄関の鍵を閉めてから廊下を歩く五人の背中を眺める。

「これは……」

忙しくなる覚悟はしていた。

ストリーマーとしての活動に、プロとしての活動も目指していく。

だが……。

「なんか思ってたより、大変なことになるかもしれない……」

VTCを大いに盛り上げた主要メンバーが、なぜか俺の家にほとんど全員集結している

この状況……。

それだけでもすでに大変なことにはなっているんだが、混乱した俺には状況を正しく理解出来ていない気がする。

何はともあれ……。

「色々考えないといけないな……」

当面の問題はキララの宣言にどう答えるかだが、それ以外にも色々ある。

「頑張るしかないか……」

「ほら、何やってんのよ。さっさと来たらいいじゃない」

「こんな美少女だらけの空間、先輩には刺激が強いっすかね？　不安ならウチの隣にいたらいいっすよ」

「あ！　だめですよ！　レンさんは私と……というかレンさん！　コーチ断って一緒に競技にって言ったんですからね!?　私が先ですよ！」

「あら、それで言うならコラボとデートの予定もあったわね。私も」

「あぅ……うぅ……私も……その……コラボを……」

五人がそれぞれ主張してくる。

半分以上揶揄(からか)ってきてるんだが、今の俺にそれを処理する余裕はない。

まとまらない頭のまま、今はひとまず……。

「とりあえず、ケーキ食べよう」

問題を先延ばしにすることにしたのだった。

■あとがき

この度は本書をお手に取っていただきありがとうございます。すかいふぁーむと申します。

元最強がコーチという立場で戻ってくる教官ものストーリーというのは、元々ずっとやりたかった構想の一つでした。

色んな作業の合間に色々と動画を流しているんですが、ＦＰＳゲームもその中の一つです。

ストリーマーが集まった大会なんかもちょこちょこあるのですが、準備期間から追っているとスポ根もののような青春を感じられて、すごくワクワクしながら見入っていました。

そして、ああこれラブコメとも相性いいなと思って出来たのがこの作品です。

ラブコメ、青春、スポ根、教官、ＦＰＳ、ＶＴｕｂｅｒ……と要素盛り盛りですが、なんかすごくうまくまとまったと個人的には思っています。

読者の皆さんにもそう思ってもらえるといいんですが……笑。

さて、そんな要素盛りだくさんの本作ですが、ＶＴｕｂｅｒものである点を活かして面白い仕掛けをしてあります。実は登場している相手チームの一部は、実在するＶＴｕｂｅ ｒさんたちです。一部、というより大半になっていて、なんと総勢三十八名もご協力いただきました！

なかなかないコラボで、非常にワクワクしながら書かせていただきました。

ぜひそれぞれの普段の活動も見ていただけたら幸いです。全然ＦＰＳやってる方でなくても、勝手に盛って強くして登場してもらったりしたので、実際の姿と本作で見比べていただいても面白いかもしれません。

最後になりますが謝辞を。みすみ先生、素敵なイラストありがとうございます！　ＶＴｕｂｅｒものということもあり是非お願いしたかったので、お受けいただけたときからずっとテンション上がっていました！　本当にありがとうございます。

そして帯コメントをいただいた花芽なずなさん、花芽すみれさん。素敵なコメントありがとうございました！　めちゃくちゃ嬉しかったです。配信も楽しませていただいています……！

さらに今回は編集、デザイナーさんをはじめ、エキストラの皆さんも含め非常に多くの方々に大変お世話になりました。ありがとうございます。

そして何より、こうして本書をお手に取ってくださった皆様に最大限の感謝を。

またお会いできることを願っています。

すかいふぁーむ

Special thanks

おむらいす食堂
ルイ＝コルシック
マリー＝コルシック
恵美須むぎ
まどろみ姉さん
風月ねむ
猫秘ぺる

來宮零
天翔ゆゐ
八重代癒夢
夜想といき
桜神くおん
月森アリィ
星空マリン

ぽても
七瀬ねけぴ
真昼ノ雪鬼
ARiMA
ミディ
和崎あこ
由宇霧
歌衣イツミ

七篠さよ
編屋さつき
神月都
Nanoha。
北爪くみん
如月ねむ
狸原ことね
甘姉ミナ

絢織かれん
アルピナ
メイロー
リアン・アニマリア・椿
音街ひびき
骸リノア
久遠なつめ
恋獄おとね

この本を読んでのご意見・ご感想・ファンレターをお待ちしております。

〒104-8357 東京都中央区京橋 3-5-7
(株)主婦と生活社 PASH! 文庫編集部
「すかいふぁーむ先生」係

PASH!文庫

※この作品はフィクションであり、実在の人物・団体・法律・事件などとは一切関係ありません。

FPSゲームのコーチを引き受けたら依頼主が人気VTuberの美少女だった 1

2023年8月14日 1刷発行

著　者　**すかいふぁーむ**
イラスト　みすみ
編集人　山口純平
発行人　倉次辰男
発行所　株式会社主婦と生活社
〒104-8357 東京都中央区京橋 3-5-7
[TEL] 03-3563-5315(編集) 03-3563-5121(販売)
03-3563-5125(生産)
[ホームページ]https://www.shufu.co.jp
製版所　株式会社二葉企画
印刷所　大日本印刷株式会社
製本所　小泉製本株式会社
デザイン　Pic/kel
フォーマットデザイン　ナルティス(原口恵理)
編　集　松居 雅

ISBN 978-4-391-15995-0